**BE
TOGETHER**

总有一天，你会站在最亮的地方，
活成自己曾经渴望的模样。

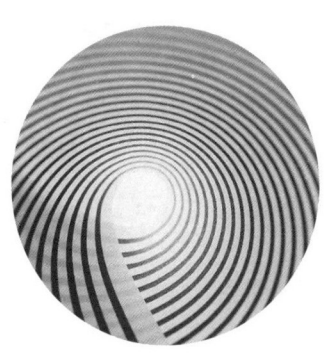

穿越人海
拥抱 你

苑子文 著
苑子豪

图书在版编目（CIP）数据

穿越人海拥抱你 / 苑子文，苑子豪著 . —北京：北京联合出版公司，2019.11
　　ISBN 978-7-5596-3769-7

　　Ⅰ.①穿… Ⅱ.①苑… ②苑… Ⅲ.①中篇小说－小说集－中国－当代②短篇小说－小说集－中国－当代 Ⅳ.①I247.7

中国版本图书馆CIP数据核字（2019）第217263号

穿越人海拥抱你

作　　者：苑子文　苑子豪
责任编辑：牛炜征

北京联合出版公司出版
（北京市西城区德外大街83号楼9层 100088）
雅迪云印（天津）科技有限公司印刷　新华书店经销
字数：180千字　880mm×1230mm　1/32　印张：9.5
2019年11月第1版　2019年11月第1次印刷
ISBN 978-7-5596-3769-7
定价：46.80元

版权所有，侵权必究
未经许可，不得以任何方式复制或抄袭本书部分或全部内容
本书若有质量问题，请与本公司图书销售中心联系调换。电话：010-82069336

BE

穿越人海

拥抱你

TOGETHER

千万不要停下脚步，否则世界就会忘了你。

BE

TOGETHER

这世界是很美好，但也足够残忍。

穿越人海

拥抱你

这么多年，一直咬牙不放弃的你，真是太辛苦了。

穿越人海拥抱你

穿越人海拥抱你

穿越人海
拥抱你

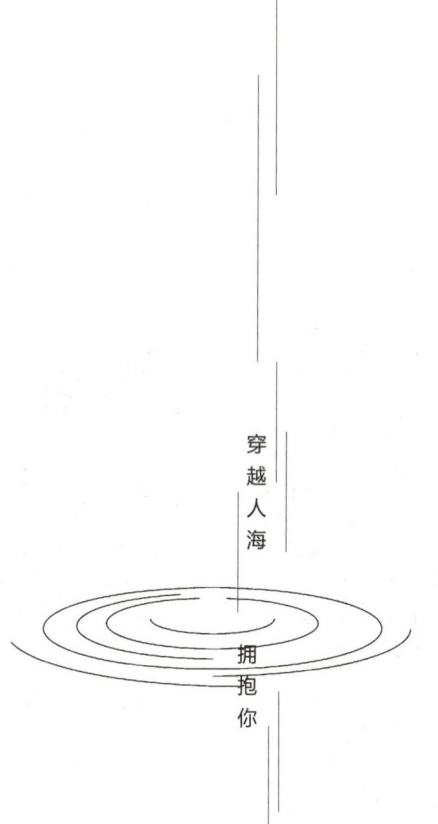

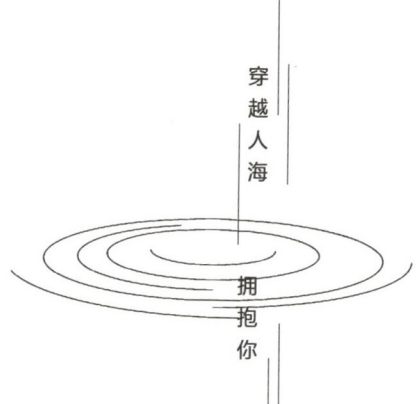

穿越人海 拥抱你

Preface

千万不要停下来脚步,否则世界就会忘了你。

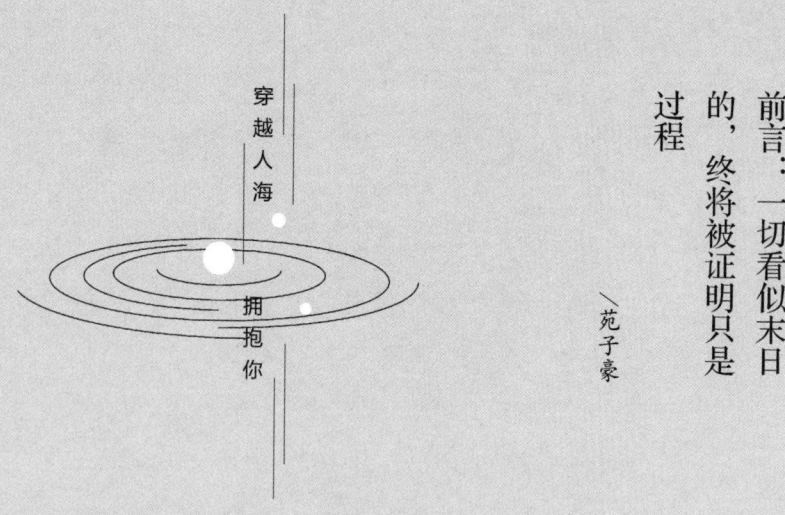

前言：一切看似末日的，终将被证明只是过程

〉苑子豪

穿越人海拥抱你

好朋友N来北京打拼快两年了，想当初他是因为上了一档求职节目而被北京的传媒公司选中，从此开始了北漂生活。

那是2014年6月，他带着兴奋和期待，满心欢喜地来到这座陌生的城市。但是，下高铁的那一刻，他有点儿害怕了。人潮拥挤，他拎着大包小包，找不到南北，看着陌生的站名，目不转睛地盯着屏幕上亮着的地铁线路图，强行记住一站又一站，生怕坐过站。等他到了目的地出了地铁站，天已经黑了。

那是他看到的属于北京的第一个夜晚。

灯火通明，车辆川流不息，纵横的高架桥两侧有高耸的大厦，华丽的商场里陈列着琳琅满目的奢侈品。巨大的车流声在耳边倏忽而过，青春年少时的那些小勇敢和小执着带着轰隆的响声，从心底往外翻涌。

他咧开嘴傻笑着想，我终于来到北京了。首都，北京。

然而从地铁站走到他租的地下室，有很长一段路。他手上拎着六个购物袋，中途有两个断了提手，在炎热的夏天汗流浃背，狼狈地找到了住处，走进一个只能站得下一个人的地下室房门。他提前在网上买了绿色的墙纸，让在北京的朋友帮忙贴好，以为这样会有生机勃勃的温馨感，其实并没有什么用。

没有窗户，室内昏暗无光，站在床上，头差不多可以挨着天花板，钨丝灯并没有多少亮光，衣服放在哪儿都成了问题。手机没有信号，电话打不进来也打不出去。整个地下室，四十多户人分享着一个路由器、一个洗澡间、三个卫生间以及四个用来洗衣、洗脸的水龙头。

坦白地讲，没毕业的他觉得很辛苦，一个人从四川跑到北京，孤零零的，没有亲人，没有朋友，有的只是一个十平方米的地下室小房间。别的同学都在吃喝玩乐，毕业旅行，他却要在职场中学习看脸色做事。别的朋友都在父母的安排下做稳定的工作，他却要在容易让人孤独的大城市里独自打拼。

苦是苦，孤独是孤独，可是又有什么办法呢？

千万不要停下脚步，否则世界就会忘了你。

我问过N，在北京独自闯荡，会不会有累到想要放弃的念头，答案显然是肯定的。早上上班因急急忙忙出门而掉在地上的东西，晚上回到家的时候依然在地上；有时候一个人去超市扛了几十斤米，还有满手的东西，不知道怎么搬回家；有时候去商场逛了几小时，却不知道要买些什么；大半夜回到家发现钥匙忘在办公室了，舍不得花钱找开锁师傅，就干脆在门外坐一夜。

我想每个人都有这样的时刻，孤独、落寞、沮丧、失望，怀疑自己，忍受生活，对抗世界。我知道你也一定活得很累，想说的委屈多过心里话，遭受过冷眼，不被人相信，面前是穿不过的墙，虽然撞得头破血流，但还是硬着头皮去战斗。

是啊，这么多年，一直咬牙不放弃的你，真是太辛苦了。

好在努力付出多少会有回报，坚持不懈多少会有结果。现在的他已经是几部电影票房过亿的项目经理了，换了舒适的房子，还在努力尝试着谈一段恋爱。天知道他曾经多努力地去加班，只要是醒着的时间，就拼了命地学习各项技能，甚至包括不属于自己工作领域的本领，一有空就钻研新媒体和大数据，如果再有闲时间，就干脆打开脑洞，设计海报。所以，现在的他会作图，会摄影，写得了文案，办得了活动，创意点子总能被领导赏识，接下的任务总能完美地完成。

想起去年我劝他换房子，不要住在阴暗潮湿的地下室时，他说，现在不吃点苦，以后就尝不到甜。这世界人潮拥挤，所有人都拼了命地想挤上一列开往好日子的列车，他们觉得年轻的时候不用力地闯一闯，到老了就更没机会了。

这世界是很美好，但也足够残忍。

觉得苦，害怕了，退缩了，就会被汹涌的人群挤出这个热闹的世界。

又想起好朋友Y，怀着对美好爱情的期待，恋爱了。

那是2014年的冬日，为了结束与男朋友的异地恋，她放弃了在北京的工作，只身一人坐了五个小时的火车跑去上海。到了上海，厚着脸皮去男朋友所在的公司面试。主编做不成就去面试行政，行政面试不上就试编辑，编辑再面试不上就做前台。

最后她成功地成了男朋友所在公司的一名前台。

她从北京千里迢迢来到上海，折了多半薪水，工种由主编变为前台，就只是为了所谓的爱情。那时候她在上海没有朋友，全公司上下只认识一个和她男朋友关系熟络的女同事。其他人只有在领快递时才会和她说话，而这个女孩却不嫌弃她，于是她们成了闺密，她开始和她分享恋爱时的许多甜蜜。

Y开始和男朋友幸福地生活在一起，每天一起上班一起下班，周末还会逛个超市看场电影。二十八岁的她就像刚恋爱的少女，每天都是好心情。她睁眼是春天，闭眼有满山的星星。她总是翘着嘴角睡得很轻，就好像失眠了一夜。

她以为相爱的人在一起就是爱情和生活的全部意义，但没过多久，她发现男朋友出轨了，出轨对象就是那个和她无话不谈的闺密。

除了男朋友，那是她在上海唯一的朋友。

于是和所有失恋的人一样，她开始哭，开始闹，精神失常，觉得全世界都崩塌掉了。

可是又有什么用呢？

选择了善良，就是敞开了胸膛。选择了毫无保留，就更容易遍体鳞伤。我想，在爱情里动了真心的人，大概都会经历一段落泪委屈又难过的日子吧。

后来Y回到了北京，离开上海的那天没有人送她。她拎着大包小包，踩着被雨淋湿的地面，怅然若失。

没有人送也好，免得回头舍不得。

后来，听说她再也没恋爱过。

我多半是心疼这样的傻姑娘的，为了爱情奋不顾身，奉献了一个女孩能给的所有青春。她把自己的心掏出来放在另一半身上，当她遭遇背叛的一刹那，才发现原来不顾一切爱着对方的自

己早已不完整了。

她相信爱情，相信地久天长，相信真心会换来珍惜，相信所有甜言蜜语和誓言，结果却被爱情打败，被时间打败，被辜负打败，被花言巧语和背后的残酷现实打败。

输了就是输了，不认输，又能怎样呢？我宁愿你是一个在不顺遂的时候可以接受失败的人。

但你千万不要认命。

愿赌就要服输，输了这一局，还有下一局，错过这个人，还可以等到更好的人。

对于那个不爱你的人，要将最好的祝福送给他。说不定在转角处的路口，你遇到的下一个人，会歪打正着地进入你的生命里。爱情需要修炼，当一个人独处的时候，应该努力修炼自己。

即使一个人，你也别害怕，因为两个人是陪伴，一个人是勇敢。当你认输后回到一个人的世界里时，不要认命，要更努力地认真生活。别放弃那些最美好的信仰，别回头，别怀念过去的时光，别自我责怪。不是爱的方式不对，而是还没等到对的人。别怀疑自己，你一直都是个好姑娘。

我希望你我都可以接受意外，接受失败，接受不如意，接受付出得不到回报，接受背叛，接受无法挽救，接受现实的残酷，接受不被人理解。但无论如何都不要后悔，不要投降，不要改变信念，不要畏惧，不要退缩，不要迷失自己。你要始终相信会有好事发生，相信认真善良会换来好运气，相信爱与被爱会在春天出现。

　　承受不了的就释放，接受不了的就拒绝。要学会沉默，学会一个人认真生活。不喜欢的人就远离，热爱的事情就拼命去做。不去讨好不想讨好的人，不为他人而活。不要想方设法与整个世界相处，不要企图让所有人都喜欢你，更不要相信你是铁打的，不怕委屈、不怕伤害。
　　愿你不用安慰别人，愿你懂得心疼自己。

　　单枪匹马太多年，都忘记自己有多惨了。这本书送给那些单身很久不相信爱情的人，那些相信爱情却得不到爱情的人，那些只身打拼的人，那些勇敢无畏不肯认输不肯哭的人。想说一句：这么多年，你们真的太辛苦了。
　　可以在意所有的孤独和失落，但一定不要惧怕痛苦和挫败；可以接受所有没结果的今日，但一定不要放弃那些没有到来的明天；可以接受偶尔不那么坚强，但一定不要丢掉最强大的自己。
　　一切看似末日的，终将被证明只是过程。

我是二十三岁的狮子男，感恩所得，感恩失去，感恩爸妈，还有全宇宙支持我的人。愿世界和平，愿雾霾不再来，愿你我都勇敢仗义执着。好的一并期待，坏的一律包容，生活里的小幸运与一万点伤害，爱与被爱，温和致敬，娓娓道来。

穿 越 人 海

Chapter A

日初

Sunrise

大海上随意航行的船只，怎么能避免航线的重合呢？
又怎么会知道，有哪些最终会停靠在同一个港口？

002_　爱是永远陪在你身边 / 苑子豪

032_　爱一个人是奋不顾身和默默守护 / 苑子文

052_　爱是无处安放的怀念 / 苑子豪

Chapter B

微光

Twilight

木棉会开花，星星会说话，汹涌的海水会爬上干涸的
荒漠，黎明与曙光终会穿越漫长黑夜。可是不喜欢你
的人，终究不会喜欢你。你要承认。

076_　一个人把艰难走完 / 苑子文

092_　愿所有不爱的，都无法相爱 / 苑子豪

118_　谢谢你，离开我 / 苑子文

拥　抱　你

Chapter C

拂晓
Dawn

我们每个人都要经过一段隧道，这段隧道可能是漫长的、黑暗的，甚至是充满磨难的，但是一定会有冲出隧道的一天。

144_　愿你活成自己喜欢的模样 / 苑子豪
166_　你不必活得那么累 / 苑子文
185_　一个人也要够勇敢 / 苑子豪

Chapter D

暖阳
Sunshine

我一生拥有的兄弟，不是我变成你锋利的兵刃，而是永远成为彼此的后盾。

206_　死党 / 苑子文
224_　她永远默默在我身后 / 苑子豪
246_　没有你我，只有我们 / 苑子文

262_　后记：告别得迟一点
267_　新版后记：写在时间的尾巴上
271_　致谢：那些藏在心底的感谢话

大海上随意航行的船只,
怎么能避免航线的重合呢?
又怎么会知道,
有哪些最终会停靠在同一个港口?

Chapter A

日初

sunrise

爱是永远
陪在你身边

对你说的晚安，
都是梦里相见的暗号。

苑子豪

01

—

"灯光，灯光，再打高一点儿，给我换一个再炫一点儿的！"

"音响老师，说了几次了，音乐声音要大一点儿，要出感觉！"

"投影和录像老师再给我盯一遍，各自岗位要确认无误。"

"我准备倒计时开始了，各就各位，十、九、八、七、六……"

"摄影老师在哪里？我都倒计时五个数了，怎么还找不到人？礼仪去催场了吗？这新人怎么还都没到位置上？！"

婚礼现场一片混乱，就在所有人都忙得人仰马翻时，突然有人喊道："小安不见了！"

小安就是这场婚礼的主角，即将在华丽的灯光下被所有人祝福的新娘。

02

—

小安玩失踪已经不是第一次了，七年前，她也这样不辞而别过。

那是个炎热的夏季，天空湛蓝，少云，刚刷过沥青的路面散发着热气,蝉声聒噪。这样的夏天,最怕有风,好像闷热潮湿的风一吹来,所有烦躁就会把人包围,穿不透身体,在腹腔里徘徊游走,久久不肯退去。

"谢谢老师。"小安接住老师递过来的盖了章的材料,上面赫然写着"复读手续办理单"几个红红的大字,好像当空的太阳一样刺眼。

高考过后的暑假,应该在家开足冷气盖着棉被,捧着冰镇的西瓜窝在沙发上看电视。傍晚时刻,再买些麻辣的卤味,开一瓶啤酒来庆祝一下。然而对于小安这样的复读生来说,只能躲在没人发现的地方,祈祷千万不要有人来问她考得如何、要到哪里去读大学这类问题。

其实小安的学习成绩挺不错的,更准确地说,她的高考成绩挺不错的。她成绩好这件事,从高一开始邻居们就已经知晓了。

小安是那种典型的"别人家的孩子",成绩好,不惹是生非,在家帮爸妈做家务,出门见到长辈还会主动点着头傻笑着说"叔叔阿姨们好"。按时完成作业不说,还会帮班里同学温习功课。老师永远都会使唤她去接热水、抱作业。大扫除数她最好欺负。别说擦个黑板,她连吊扇都能给你收拾干净。

她一切都挺好的,除了情窦初开时喜欢过一个人。

小安喜欢的人是同班同学陈慕，典型的男追女。小安被感动后，傻白甜似的就跟人家好上了。陈慕是班里的体育委员，每天最爱课间操时间，喊个队列的口号都可以让他完全陷入自恋状态。每周最爱的课就是体育课，仗着自己是体育委员，要求全班女生在球场边上绕成个圈，看男生打篮球，还时不时地找出一两个好看的女同学，说是进行互动和教学示范。

　　其实陈慕喜欢小安是全班皆知的事情，倒不是因为他们有多令人瞩目，而是因为陈慕把自己写的情书放错座位，被邻座女生看过后，全班就传开了。再之后，陈慕的作业和考卷上时不时会出现"小安"两个字，连他自己都不明白究竟是痴迷到什么程度了，怎么会走神在试卷上写下小安的名字。

　　陈慕还干过更丢人的事情，比如想扎破小安的轮胎，好让她可以坐自己的单车回家，结果把隔壁班数学老师的同款自行车轮胎给扎了；打电话到她家，电话刚通，小安妈妈还没说话，他就对着电话喊"我好想你"；买了几朵玫瑰花，藏在她的书桌斗里，以为很浪漫，又能给她惊喜，没想到小安伸手进去拿课本时被扎得嗷嗷大哭；圣诞节送苹果，结果小安从苹果里吃出一条大肉虫；每次小安一生病，热心又着急的陈慕总能送上杧果和荔枝这类容易上火的水果……

BE

TOGETHER

而其实真正让小安动心的，是她发现陈慕早饭只啃个白面包，省下一根烤肠，喂给学校里的流浪狗。这个看起来傻傻的、只想让自己喜欢的女孩开心的男孩，有极其柔软的一面。

那时候，早上的太阳刚出来，淡淡的光辉洒在学校操场上，洒在还没升起来的五星红旗上，洒在静默而立的孔子和老子的雕像上。如果有人来得和陈慕一样早，就可以清晰地听见布谷鸟的叫声，清清脆脆，穿越校园里青青葱葱的枝叶，穿越鸦雀无声的教室，穿越杂乱无章的课本，到达你的耳畔。

小安也喜欢早早来到学校，趁着没人，可以清清静静地看一会儿书。有时候歪过头，透过身边的窗户，就可以看到啃着白面包傻笑的陈慕在喂被他叫作"土豆"的流浪狗。小安喜欢这样的男孩，虽然留着短短的寸头，打完球浑身流着汗，但又有格外温暖的一面。

03

—

那年冬天，天亮得格外晚。小安有早早来学校的习惯，但又怕黑，所以每天早上陈慕都会来接她。两个人打个招呼都是悄悄的、蹑手蹑脚的，笑也是只咧嘴不出声。

那时候，他们一起去狗市给土豆买衣服，它蜷缩在汽车底下

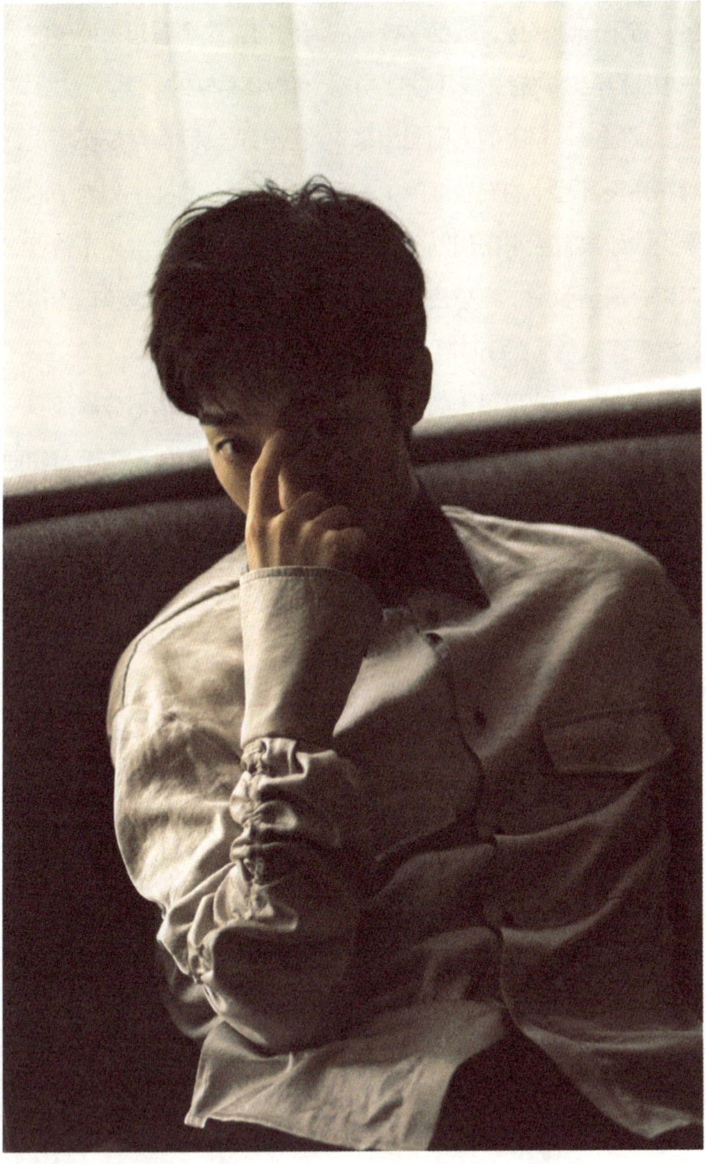

冻得直哆嗦，怎么喊也不出来，小安着急又心疼。天气冷到好像她掉下的眼泪都可以在脸上结冰。

后来陈慕把土豆带回了自己家，想收养它。可是因为家里条件不好，地方又小，家长要上班，陈慕要上学，根本没有能力和精力收养一条流浪狗，再说家里从没养过狗，甚至都不知道这样把它带回家是好事儿还是坏事儿，所以陈慕妈妈是坚决反对的。陈慕跟妈妈大吵了一架，冷战了三天三夜，还挨了一顿打，最后以自己好好学习考上一本为条件，才说服了妈妈。

小安每周末都会来看土豆，带它去公园的草坪上晒太阳。因为土豆太爱动，所以小安给它换了个名字叫"兔子"。每次在街上，陈慕和小安追着一条狗喊"兔子你别跑"，都会引来路人诧异的目光。不过这些都不重要，重要的是，在他们的眼里，追着一条叫兔子的狗，是多么幸福和开心。

那时候，他们因为兔子而有了很多共同话题，比如因为没有太多时间带它晒太阳，它就缺钙了，两人就计划着怎样攒钱给兔子买更好的钙片；他们也会比谁给兔子梳的毛发更好看，谁给它拍的照片更可爱。小安会因为陈慕经常打篮球，把兔子放在一旁不管不问而生气，生怕哪天心爱的它又跑到又冷又饿没人照顾的世界里；陈慕则会计较小安总是让他去收拾兔子拉下的便便，两个人围着一条狗，吵吵又闹闹。

当然，高中时代的他们并不是只有养狗这一件事可做，他们也会一起上晚修课，在蟋蟀乱跳的教室里做着似乎总也做不完的数学题；他们都爱五月天，课外一遍又一遍地练歌，以组合的形式羞答答地跑去参加校园歌唱大赛。

小安是班里的学习委员，课外会给陈慕辅导功课。毕竟在那个还是估分报志愿的年代，高考对每个人来说尤其重要。在大多数成熟的关系中，自己的存在是为了让对方变得更好，所以学习好的小安会尽全力帮助她喜欢的男孩变得更加优秀。虽然和大多数男孩一样，陈慕总嫌小安唠叨、聒噪，管东又管西，但实际上这个善良的男孩很懂小安的心，因此他也很努力。渐渐地，两个人的名次差距从半个班级缩小到两个小组，在成绩单的前面发现小安的名字后，你总能在她后面不远处看到一个叫陈慕的男孩。他擅长她擅长的，不擅长她不擅长的，就好像一个可爱的复制品一样。他们有着学生时代特有的默契和浪漫。

04
—

小安是那种从小乖到大的女孩，即使老师把《静夜思》的作者说成了杜甫，她也会跟着狂点头。班里的坏学生欺负她，用脏话骂她，无论对方怎么骂，她永远只会还一句嘴，那就是——

你再说一遍！

有时候爱情是没有多少惊心动魄的，
平常男女间的恋爱更是无波无澜。

于是对方就会一遍又一遍地骂她,毕竟这是她的"要求"。

后来有一次,一个坏女孩欺负小安,说的都是污言秽语。小安一边抹着眼泪,一边声嘶力竭地还击对方——

你再说一遍!

陈慕看到笑得肚子疼。一个可爱的女孩梳着大大的马尾,一只手揪着校服的衣角,一只手抹着眼泪,看着对面那几个来势汹汹的坏女生,这样子实在是让人想笑。

后来陈慕走过去,帅气地挑着眉毛,对对面几个女孩说:"连我的人都敢欺负,不想活了啊?"

陈慕身材高大,看起来像个三流小混混,几个坏女生见势扭头走掉了,扔下一句:"你给我等着,我们还会再回来的!"

等她们走了,陈慕看着抹眼泪的小安,既心疼又觉得好笑。他明白,眼前这个单纯的女孩,就是自己想要倾其所有去保护的人。他就那样笑着,洁白无比的牙齿在黝黑的皮肤映衬下显得更加闪耀。

那天的夕阳很柔,哭哭啼啼的小安脸上有一抹红色,她心底里好像有什么东西在乱动,像海草挑动着海水。小安感觉到她有些喜欢眼前这个只要自己遇到困难就会出现的大男孩,他留着短短的寸头,有着健康的肤色和乌黑发亮的眼睛。

那天临走时,陈慕教小安以后如何面对这些坏女孩。她躲躲闪闪,学会了第一句骂人的话。

他教她，如果以后再有人欺负她，就冲着他们大声骂——
"你妈是个大南瓜！"
哈哈哈！那天的他们，笑了很久很久。

其实有时候爱情是没有多少惊心动魄的，平常男女间的恋爱更是无波无澜。相比那些电视剧里的轰轰烈烈的爱情，平常爱情反而是细水长流，更加真实熨帖。这两者的区别就好像是闪着光芒却摘不到的星辰和你看我时眼里不多却温暖的光亮。

05

距离高考只有一个月的时间了，小安与陈慕和大多数害怕面临高考后分别的人一样，计划着一起努力考上同一所大学。他们约定把目标设为华东师范大学。为此，他们昼夜不停地复习着，两个人之间的话越来越少，即使说话也都是关于考试和考题的。陈慕还规定，这一个月小安要利用一切时间去学习，不可以分心，所以禁止她去他家里看望兔子。

那时候陈慕总是生病，一个原本身体健硕的大男孩看起来面黄肌瘦的。有一次请病假，甚至请了一星期，那是高考前的最后一星期。他突然变得沉默寡言，有些忧郁，让彼此都觉得紧张和

她喜欢发呆，喜欢歪着头，喜欢透过窗户看楼下的小树林。

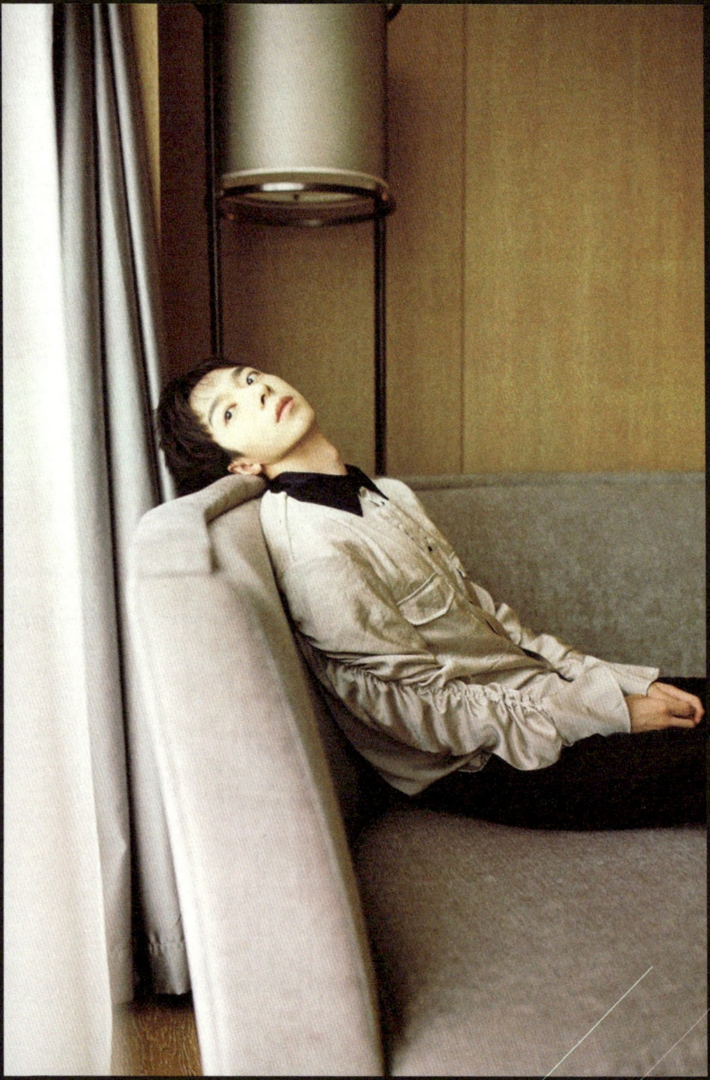

不知所措。

感情就是这样，你不知道哪天你们的关系就会发生变化，也不知道这种变化会不会带来什么影响。你唯一知道的是，你有想说的话，但不知道该如何开口。

高考前的一星期，陈慕是在家里度过的。那时候小安的心就好像夏日的树叶一样，是静止的，偶尔又会动起来。她喜欢发呆，喜欢歪着头，喜欢透过窗户看楼下的小树林。每每这时，思绪就会回到两年前的那个早上，她看到一个男孩啃着白面包喂一条小狗。

高考如约而至，如期而过。

就在所有人都庆祝终于毕业了的时候，小安还是没有看到陈慕。听跟陈慕在一个考点考试的同学说，陈慕来参加高考了，那两天他穿着黑色的背心和黑色的短裤，头发脏兮兮的，胡子也没有刮。

听到这里，小安扑哧一笑，这个可爱的寸头大男孩，头发长了应该也很好看吧。不过她也心疼陈慕，在高考巨大的压力下，身体和心理都被无限消耗掉了。

那之后他们一直没联系。

再联系时，是学校张榜的时候，所有的"大字报"上写着红红的"贺"字，内容大概是庆祝学校高考再创辉煌之类的话。学校拉起了几个大气球，还有长长的拖到地的条幅，上面写着考上北大、清华的学生名字，以示表彰。

小安发挥得不错，成绩和往常一样优异，这个分数足足超出了华东师大分数线二十分。而这次陈慕的成绩比小安还要高，班级成绩单上，陈慕第一次排在小安前面。

小安打心底里为陈慕感到高兴。

听说那个夏天的KTV夜夜火爆，听说那个夏天杨芳芳打了全班第一个耳洞，听说那年班主任老刘拿了很多奖金，听说那年刚好退休的数学老师哭了好几个晚上，听说小安毫无悬念地以超过分数线二十分的成绩考上了华东师范大学，也听说，陈慕以擦边的成绩，拿到了北京师范大学的录取通知书。

写到这里，我脑子里都是那个哭哭啼啼的小安，那个被人骂得不敢还嘴的女孩，那个无条件答应帮所有人做大扫除的女孩，那个抹着眼泪可怜兮兮的女孩，那个说好了要和陈慕去同一所大学却落单的女孩。

自那以后陈慕再也没出现过，就好像从没来过一样。

他只给小安留下了一封信，大概说的是，对不起，希望她无论如何都能好起来，比他好一万倍。

06

一

那是个炎热的夏季，天空湛蓝，少云，刚刷过沥青的路面散发着热气，蝉声聒噪。这样的夏天，最怕有风，好像闷热潮湿的风一吹来，所有烦躁就会把人包围，穿不透身体，在腹腔里徘徊游走，久久不肯退去。

"谢谢老师。"小安接住老师递过来的盖了章的材料，上面赫然写着"复读手续办理单"几个红红的大字，好像当空的太阳一样刺眼。

高考过后的暑假，应该在家开足冷气盖着棉被，捧着冰镇的西瓜窝在沙发上看电视。傍晚时刻，再买些麻辣的卤味，开一瓶啤酒来庆祝一下。然而对于小安这样的复读生来说，只能躲在没人发现的地方，祈祷千万不要有人来问她考得如何、要到哪里去读大学这类问题。

其实小安的学习成绩挺不错的，更准确地说，她的高考成绩挺不错的。她成绩好这件事，从高一开始邻居们就已经知晓了。

小安是那种典型的"别人家的孩子"，成绩好，不惹是生非，在家帮爸妈做家务，出门见到长辈还会主动点着头傻笑着说"叔叔阿姨们好"。按时完成作业不说，还会帮班里同学温习功课。老师永远都会使唤她去接热水、抱作业。大扫除数她最好欺负。别说擦个黑板，她连吊扇都能给你收拾干净。

她一切都挺好的，除了早恋。

小安的妈妈狠狠地把她打了一顿。那个夏天，家里的门都是在外面锁着的。她就这样待在家里，看看窗外，看看书。

小安选择了复读，她穿着和新一届高三生一点儿都不一样的校服，格格不入地坐在教室最后一排，接受着所有人异样的眼光。她感到全世界的人好像都在嘲笑自己，他们好像都在说："这就是那个复读的女孩，她明明可以报考更好的大学的，全都怪她一厢情愿。"

她一个人走路的时候，迎着全世界的眼光，嘴里好像总是嘟囔着——"你妈是个大南瓜。"

我没有体验过复读，所以没有发言权。不过单从小安瘦了二十斤和从没换过的鞋子来看，那一年，她过得并不好。那一年，她面对着妈妈的冷暴力、爸爸的不理解、全家人的抬不起头，感觉自己好像亏欠了全世界。

不过，偶尔歪着头看楼下的时候，她还是会想念，那时候的早上，校园都是青葱的，总有个男孩，背着大大的黑色双肩包，穿着一双白色的耐克运动鞋，留着从来不超过一节手指长的头发，蹲在那里，摸着一条会轻声哼唧的小狗。

她还是会想念，陈慕。

一年过去后，她的成绩没有大的进步，好像又过了一遍高三一样。那次高考后，学校里依旧人声鼎沸，依旧有人欢笑有人哭。

她记得自己当时一笔一画填好了志愿单，上面写着：北京师范大学。

是的，第二次高考，小安选择了北京师范大学，并且如愿以偿。

07

刚进大学的感觉是特别新鲜，大学室友初次见面，各类协会应有尽有，再也不用看爸妈和老师脸色做事，终于可以光明正大地在校园里牵手了，这些都是无比美好的。

然而小安进学校做的第一件事，也是唯一一件事，就是去陈慕所在的学院打听他的消息。

见到陈慕的那天，觉得陈慕更好看了。

他留着长长的刘海儿，穿着一件红色的棒球服和蓝色的牛仔裤，显得格外好看。顺着他的手臂看，他的手拉着的另一只手来自一个高挑的女孩，她长长的鬈发放到胸前，穿着短到不能再短的牛仔短裤，比烈日还要火热，脸上描了好看的眉毛，化了淡淡的妆，看起来是真的漂亮。陈慕跟小安对视的一瞬间，原本想要从女孩手中抽出手来的动作顿了顿，取而代之的，是朝小安扯出了一个淡淡的微笑。

站在陈慕和漂亮女孩对面的，是一个穿着高四那年就穿着的发黄的球鞋、白色背心和长到把脚踝都遮住了的黑色运动裤的女孩。女孩有着并不是很齐的短发和消瘦的脸庞，她的背心上印着一只可爱的小狗图案。

"好久不见，陈慕。"

"好久不见，小安。不过，你怎么变成这样了？"

那是快10月的北京，然而那天下午天气好像依然炎热，时间也好像静止了，空气令人窒息，积攒了一年多的苦闷都在一刹那迸发出来了。

小安哭得撕心裂肺，好像那天下午，夕阳再也没有西下，影子被拖得很长。

陈慕的女朋友是他师姐，校篮协理事长，两人是在篮协的招新大会上认识的。据说是女追男，追了一学期，终于修成正果。他们在一起的那天，篮协拿了学校的十佳社团奖，因此还给他们办了一场轰动全校的露天大宴会。

磕磕绊绊半年多，恩爱也恩爱了，该做的事情也都做过了，两个人的小日子很幸福、很安稳。如果不是小安出现在面前，陈慕甚至忘记了自己之前留着寸头，最不爱穿的衣服的颜色就是他认为很娘的红色。

小安像极了丑小鸭，在偌大的大学校园里迷失了。她报了各种各样的兴趣社团，在学生会里搬砖，在辩论队里当炮灰，没有一样成功的。她再也不是优等生，长相和身材也远远排在几个院系的女生之外。她的人生，好像从一年前的那次高考后，就已经彻底毁得干干净净了。

小安放弃了社团组织，放弃了追名逐利，唯一没放弃的事就是追陈慕。她把之前陈慕对她用过的招数都用了，什么画小兔子唤起回忆，写情书找回感觉，能派上用场的都用了，甚至求曾经的好朋友敲东问西、劝来劝去，但都没用。

08

一

小安的特长是数学，家里人最大的愿望是她可以考上中央财经大学。小安的妈妈希望小安发挥自己的特长，学习金融，将来进入大企业，让日子过得风生水起，也好把那一年丢掉的面子都捡回来，但还是拗不过这个心意已决的姑娘。所以，小安妈妈要求她修经济学，大二时再转个专业，不要学陈慕在冷门专业里混。

小安不敢再不听妈妈话了，她对妈妈一直是有愧疚感的。

其实说得更彻底一些，小安对妈妈，对家里人，对自己，对全世界都是有愧疚感和自责心的。她觉得自己的人生，从高三那年毕业起就再也没有正确过。

日子依旧，陈慕和学姐过着二人世界，而且当起了摄影发烧友，买了台单反相机到处走走拍拍。这三年他走过很多地方，在网上陆续抛出自己拍的照片，听说依靠这些照片挣了不少钱。而小安在大学里，普通得像根羽毛。

和你想的一样，大一结束那年，小安没有选择转专业，而是继续留在了陈慕所在的院系里。小安就是这样一个偏执得让人又爱又恨的女孩。

她追了他四年，追到他和学姐分手，追到她本科毕业。

真正爱一个人，是要一起渡过难关，
一起想办法奔向更远的地方。

小安毕业的那天，陈慕没有出现在毕业典礼上。小安穿上学士服，从校长手中接过毕业证书，在学校的各个角落里照了相，就走掉了。

她的大学生活很平淡，平淡到好像她从没在这个学校存在过一样。

毕业后的陈慕做起了摄影师，他慢慢地积攒了很多人气，听说在互联网上已经有了很多粉丝，大家都称呼他为"知名青年摄影师"。小安则去了澳大利亚，听说在那里学习了金融专业。

两年之后，同班同学发短信给我，说小安准备在澳大利亚定居了，准备嫁给她的硕士导师。她给我们这些老同学发了帖子，邀请我们过去参加她的婚礼。导师对她很好，还为我们这些老同学付了机票和酒店的费用。

很多同学因为好几年没见面，准备去她的婚礼上看看。

09

—

"灯光，灯光，再打高一点儿，给我换一个再炫一点儿的！"

"音响老师，说了几次了，音乐声音要大一点儿，要出感觉！"

"投影和录像老师再给我盯一遍，各自岗位要确认无误。"

"我准备倒计时开始了,各就各位,十、九、八、七、六……"

"摄影老师在哪里?我都倒计时五个数了,怎么还找不到人?!礼仪去催场了吗?这新人怎么还都没到位置上?!"

婚礼现场一片混乱,就在所有人都忙得人仰马翻时,有人喊:"小安不见了!"

小安就是这场婚礼的主角,即将在华丽的灯光下被所有人祝福的新娘。

时间退回到几个小时之前,有个戴了口罩的人送了一大包礼物给新娘。新娘打开包装时整个人都怔住了,一件镶满钻的华丽丽的婚纱从袋子里露出来。婚纱上手工刺着精致而可爱的宠物狗图案,那些宠物狗长得都是一个模样,像极了那年透过窗户就能看到的那只她一直深爱着的兔子——除了婚纱,还有一张卡片,上面写着:

兔子去另一个没有痛苦的世界了,它很爱你,不愿意离开你,所以想陪你度过你人生中最幸福的时刻。而我,也爱你,也祝福你。

小安捧着婚纱躲在洗手间里,愣了很久。

婚礼延迟两小时举行,新娘和新郎交换戒指,许下了爱的誓言。那晚,在咔嚓咔嚓的闪光灯和所有人的见证下,幸福的爱情开始了新的旅程。

几个月后,知名摄影师陈慕被人曝光了微博小号。这个微博账号上写了他足足七年的感情经历,一时间红遍网络,各大网站纷纷转载。

比如从2011年夏天起,上面写着:

"一年前的5月,快要高考了,兔子在家里折腾来折腾去,后来妈妈带着它去遛弯儿。一辆货车迎面开来,兔子吓得直冲货车跑去,边跑边叫,妈妈以为伸手就能把兔子拽回来,结果被突然加速的货车撞飞。那天她和兔子流了很多血,因酒驾而把刹车当成油门的货车司机逃逸,妈妈和兔子永远离开了我。"

"那次吵架,我答应了妈妈好好学习考上一本才可以养兔子的条件,然而离高考只有一个星期了,最疼爱我的妈妈却不陪我了。妈妈,我想你,你在哪里?"

"高考那两天,我全身穿着黑色衣服,我感觉妈妈好像一直在对我说:儿子加油!"

"爸爸帮我料理了学校的全部事情,我听到他打电话给老师说,我的志愿要报北师大。我听得清清楚楚,师大前面的字不是'华东',而是'北'。"

"小安,你过得好吗?你会怪我吗?你一定会怪我,其实我也怪自己,是我把妈妈和你弄丢的。我想你们,想妈妈,想你,想兔子。"

"我来到了更好的大学,这里的人都很有才华。今天学姐向我表白了,可是我心里想的都是你。晚上爸爸打电话过来,说男人要学会重新开始,充满斗志。我不知道该怎么办了。"

"小安,你在哪里?我想你了。"

"今天你妈妈找到了我,她说你因为我们的约定,一年前以高分考上了华东师大,后来复读了一年,今年考到了北师大。你妈妈打了我两巴掌,我知道是我害了你,我对不起你。"

"这几天我想了很多,是时候放下了。我答应小安妈妈,再也不会耽误她,劝她转专业,劝她学金融,劝她有出息了回报她妈妈。妈妈是全世界最不能伤害的人,我妈妈要是还在,也一定会要我这样做的。我知道。"

"今天见到小安了,我忍着没有和她说什么。学姐拉着我的手,我希望小安可以恨我,这样她就可以好好准备转到金融专业,不要像我一样不开心。"

"我喜欢摄影,我要去很多地方,我相信我会在某个地方遇见妈妈抱着兔子,说不定就在哪个转角。"

"小安要出国了,挺好的,走了也好,至少不用再担心她什么时候会走了。我永远对不起的小安,祝你可以找到自己的幸福,我会永远在你身后祝福你。"

"我拿了这几年赚的所有稿费,找了北京最好的制作婚纱的地方,做了件刺满我们的小狗——兔子模样的婚纱送给她。她还不知道,她的婚礼策划公司请了我去做摄像师。我想我会在某个角落,用相机去记录她最美、最幸福的时刻。"

……

10

—

小安泣不成声,她想念那时候留着寸头的陈慕;想念那时候冬天下起大雪,他拿着一支手电筒站在她家楼道的门口等着她;想念那时候上课,稍稍一走神,脑海里就会有他;想念那时候,她还爱着他。

可是一切都回不去了。

陈慕说："这么多年，我做错过很多事，最错的一件就是错过你。"

其实两个人在相爱的过程中，犯错是常有的事，因为误会而吵架，因为寂寞而背叛，因为保留而说谎，都再正常不过了。不得不承认的是，有的错误，让我们成长；有的错误，则给我们留下了深深的遗憾。

倘若你真的很爱一个人，就不要打着为了他好的幌子，让他独自承受和经历，也千万别说什么"我配不上你，所以我要离开你"这样的话。真正爱一个人，是要一起渡过难关，一起想办法奔向更远的地方。凡是那些轻易就退出的人，都是对爱情的亵渎，他们大多不是因为胆小，而是因为不想负责。

既然找到了一个想托付终身的人，那就请你坚定一些，哪怕有再多阻碍，也要陪着那个人勇往直前地走下去。

11

一

婚后的小安在澳大利亚过得安宁平静，丈夫很爱她，在她怀孕的那些日子里更是悉心照料。看她日子过得幸福如意，所有人都为她感到开心。

那些日子，小安常在街上散步，有一次跑出来一条白色的流浪狗，趴在小安鞋上，用力地嗅着她。

挺着大肚子的小安红着眼眶，慢慢俯下身来。

她摸了摸它的头。

BGM：林俊杰——《可惜没如果》
●全都怪我　不该沉默时沉默　该勇敢时软弱

爱一个人是奋不顾身
和默默守护

在你年轻的时候,
也许会遇上这样一个人,
他在你心里什么都是好的,
你喜欢他胜过一切。
这个人不是恋人,
他不属于你,
甚至不知道你的存在,
但是,
他却给了你青春里最美好的记忆。

苑子文

01

—

"流氓！"

一个穿着白色校服、留着长发的女生冲着牟子宏恶狠狠地瞪了一眼，她穿着涂鸦得花花绿绿的帆布鞋，蓝色裙摆随风飘起来。如果没记错的话，牟子宏扭头看的时候，是一个长了满嘴的龅牙、瘦到可以清晰地看到一个"喉结"上下滚动的女孩。

"同学，你认错人了！"牟子宏身边的几个男生笑到肚子痛。

还没来得及解释，龅牙女就羞答答地捧着一摞书走开了，只有牟子宏尴尬又无奈地留在原地。

其实这种事情发生在牟子宏身上已经不是第一次了。据说八一中学至少有五位女生写过匿名举报信，举报牟子宏对女生动手动脚。其中三位女生哭哭啼啼地直接找到他的班级想讨个说法，还有一位女生死缠烂打，非要他答应跟她在一起。

牟子宏是一个老老实实爱读书的三好学生，从不招惹女生，更别说耍流氓了，连懵懂冲动的怦然心动在他身上都像绝缘了一样。

倒是樊景行，这个爱玩爱闹的富二代，平日里就爱勾三搭四，四处占女生便宜。走着走着看见前面有个女孩，就踩人家鞋跟搭讪，从拐角处冲出来和早就盯上的女生撞个满怀，拿粉笔头打楼下的麻花辫女孩，往校花的校服口袋里塞电话号码，类似的事情数不胜数。

偶尔遇到性格泼辣的女生，会当场教训他，不过大多数情况是，当时女孩害羞地跑掉，事后跟着班主任，或拉着三五个闺密，跑到牟子宏的班级门口找他算账。

就因为牟子宏和樊景行长得简直一模一样。

两个人都是一米八的个头，浓眉大眼，英气逼人，笑起来会露出整齐洁白的牙齿，有着同样的发色。同学们都说他俩是双胞胎，父母离婚后各自带着一个生活，一个跟了妈妈姓，一个跟了爸爸姓，所以才长得那么像。

起初很少有人信这种说法，因为熟识的人都知道，两个人的性格千差万别，但是长得这样相像，除此之外好像也没别的理由可以让人信服了。

02

牟子宏性格内向，养了一棵像洋葱一样的植物。而樊景行阳光开朗，机灵爱耍宝，是上届校运会上的长跑冠军，也是很多女生暗恋的对象。

因为性格的差异，两个人鲜有交流，虽然长得像，但天差地别的三观反映出的气场还是让他们看起来很不一样。其实起初樊景行是想跟牟子宏做好朋友的,毕竟遇到一个和自己很像的人很难得,但是接触后发现,他接受不了牟子宏的沉闷,让牟子宏讲个笑话就像中五百万体彩头奖一样难。

樊景行每天和篮球队的哥们儿在一起,而牟子宏的课余时间则泡在图书室里,更是缺席了几乎每一节体育课。毒舌的樊景行曾经跟朋友开玩笑说:"不上体育课的,只有生理期的女生和牟子宏。"

樊景行的一句玩笑话,刺痛了性别意识还很懵懂的牟子宏。原本每次遇见这样的情况,牟子宏都是装出一副没听见的样子,脸上看不出一点儿波澜,但这次不一样了。

他憋红了脖子,眼神坚定地看着前方,拳头微微握实。好像之前种种替樊景行受过的委屈都应该在这一刻有个交代。

在一旁撞见这一幕的倪笑非常自然地把一只耳机塞进牟子宏的耳朵:"林俊杰的新歌,好听吗?"

阳光洒在这个有着栗子颜色头发的女生脸上,她的虎牙显得格外好看。

在那个青涩的年月,倪笑这个小小的举动,挽救了一个尴尬和冲动的男孩。原本两耳不闻窗外事的乖学生牟子宏,第一次注意到了这个姑娘。

受到倪笑的影响,牟子宏开始拓展自己的生活圈子,也渐渐变得开朗起来。他开始有意无意地走进倪笑的生活,跟她一起分

那个夏天就像一场淅淅沥沥下个不停的小雨,
虽然不痛快,但是下了,也就过去了。

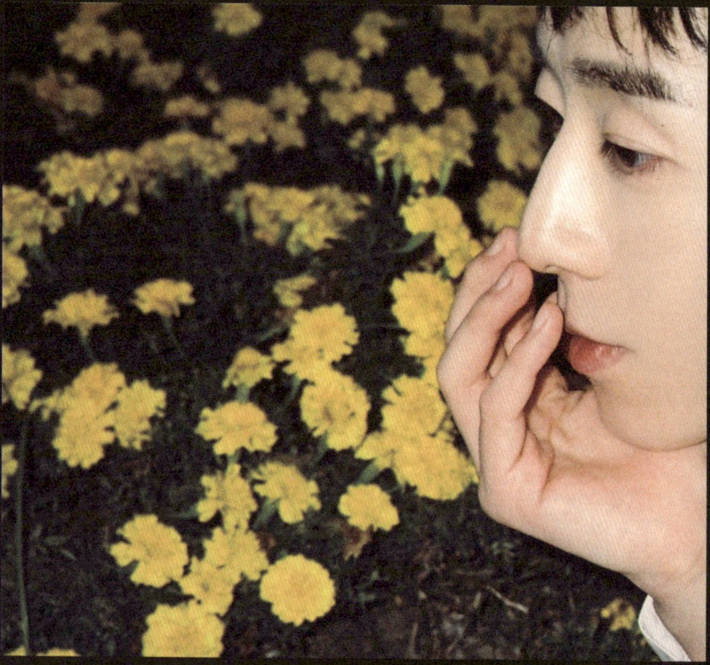

享最近读的好书，一起听林俊杰的音乐，一起骑很久的单车去城市另一端吃冰。

牟子宏看着眼前这个热情又美好的女孩，发自内心地喜欢和她待在一起的每分每秒，直到有一天，他偶然在楼梯拐角听到倪笑向樊景行告白。

倪笑是个落落大方的女孩，但无论从优秀的学习成绩还是朴素的长相来看，都不是樊景行喜欢的类型。因此他没有接受倪笑的告白，而是用一贯的戏谑方式，让倪笑在他的一众兄弟面前丢尽了脸面。

倪笑哭着离开，剩下楼梯拐角阴影里的牟子宏愣在原地。樊景行经过牟子宏的身旁时，想起了他和倪笑聊天的样子，很是得意地笑了一下，然后留下一句"不好意思啊，兄弟"。

在那之后，失落的牟子宏又开始了独来独往的生活。每天一个人上学，一个人去食堂，一个人做值日，一个人回家。迅速下滑的成绩和无精打采的状态，好像让他那点儿小得可怜的心事被所有人看穿了。

他不想再面对倪笑，也不想再面对樊景行。

直到有一天，他撞见了曾被樊景行欺负过的已退学的李佑。

李佑听说牟子宏是被樊景行唾弃的双胞胎兄弟，想借此机会狠狠出一口恶气，于是他把牟子宏堵在了小巷里。"大哥我最近手头有点儿紧，你看看怎么办呢，要钱还是要命？"

一脸书生气的牟子宏哪里见过这样的场面？他本能地往后退了几步，摇了摇头，结果还没来得及躲，李佑就一拳打到了他的眼睛上。

这时，从学校出来的樊景行撞上了这一幕，把包一甩，冲过去一脚就踢开了李佑："干什么？不长狗眼，欺负我小弟？"李佑自知不是对手，也不敢惹家境殷实的樊景行，找了个借口跑了。

那天他们两个第一次一起走在学校外面的小路上。樊景行一边自我夸赞，一边责备牟子宏太老实："哥们儿，不是我说你，你看看你这个样子，哪会有女孩喜欢？"

牟子宏沉默地听着，想起自己懦弱的样子，若有所思地点点头。

樊景行忽然停下脚步，带着一脸坏笑问牟子宏："对了，你是不是喜欢倪笑？"

牟子宏犹豫片刻，很快便低头否认。

樊景行笑笑，不再追问。

03

一

在樊景行眼中，喜欢一个人，应该是失去理智，是不顾一切，是一定要在青春里留下些勇敢冲动的印记。而在牟子宏心里，陪伴对方考上理想的学校，然后一步一步规划好未来的人生才是正道，即使喜欢不能说出来，一直埋在心里很多年，也算得上深刻。

很快，大家都发现，牟子宏好像变了一个人，他开始练习长跑，还天天背着羽毛球拍上学。牟子宏的球友叫程满满，是樊景行和兄弟们私下评选出的"最丑女同学"。一到开学，她的脸上就长满痘痘，还因为体检被翻出写有"变态反应科"的病历而被同学们嘲笑。

她话不多，每天总是埋头在书山里，扎着一个老奶奶一样的发髻。不过，全年级大概只有牟子宏知道，程满满的皮肤问题只是因为对花粉过敏。

牟子宏以不易被察觉的幅度慢慢变化着，与此同时，樊景行和倪笑被选为学生代表，准备去北京参加某所高校的夏令营。

那个漫长无边的夏日里，长江三角洲一带有连绵不断的阴雨，天气潮湿闷热。

牟子宏感到无比失落和慌张，程满满看出了他的心思，想帮他转移注意力，于是提出一起出去找件事儿做，全当散散心。

"看这个，《超级新声代》，怎么样？我觉得我唱歌还蛮好听的，你陪我去吧，咱们可以一起……"

禁不住程满满的再三请求，牟子宏答应了，毕竟能给无聊的夏天找点儿事做。与其听知了唱歌，还不如听程满满唱歌。

不同于程满满在海选中被淘汰的是，牟子宏被节目组的金牌制作人慧眼相中，一路挺进了决赛。其实程满满并不失望，一开始就抱着当分母的心态，只是没想到，牟子宏还有这样的才华。

就在此时，班里的QQ群因为两件事炸了锅。一件当然是牟子宏要火了，同学们三言两语很快就传遍了整个学校。而牟子宏本人因为被节目组安排了封闭式训练，没法上网，自然不会知道自己成了同学们热议的话题。而同时被热议的另外一件事……

04

牟子宏拿着一份迟迟下不了决心签订的演艺合约回到学校，得到的第一个消息却是——倪笑出事了。

"90后"的感情像一阵风，来得快也去得快，很多时候你会发现：你身边完全不搭边的两个人居然走到了一起；而那些你以为可以走到最后的恋人，却都莫名其妙分了手。

倪笑不是那种很好看、很打眼的姑娘，却因为简单善良的性格以及笑起来露出的两颗小虎牙，成为一些男生想保护的对象。李佑喜欢倪笑很久了，有一天倪笑被高年级的学长纠缠，李佑为了教训对方，找了一帮"江湖"上的兄弟来打斗。

倪笑被牵扯进这起械斗伤人事件后，消息传到了学校教导

爱一个人爱到奋不顾身，爱到忘记自己，
爱到愿意为他做所有看起来荒谬不可能的事。

处，教导主任迫于无奈取消了倪笑的保送资格。

处分决定贴出来的那天，没人敢跟倪笑说话，大家都知道她受到了很大的打击。她觉得天都要塌了。

牟子宏想去安慰站在学校走廊里落寞的倪笑，却被樊景行拦住了。他冷笑着提醒牟子宏："她不是什么好东西，当初接近你也是为了引起我的注意，你看不出来吗？！不点你两下，你还真被人牵着走。这次打架，你以为真的就是两个男生为了她那么简单吗？"

牟子宏甚至还没听清最后半句话，就在愤怒中对樊景行挥了拳头，这是他第一次那么有勇气做一件完全不像自己做的事情。

然而他没法假装听不见樊景行说的话，伸向倪笑肩膀的手最终还是颤抖着放下了。他转身离开的时候，没看到倪笑脸上如释重负的表情。是啊，她何尝不知道牟子宏的心思，喜欢一个人怎么瞒得住呢？可是不喜欢一个人又怎么勉强得来呢？

倪笑再也没有在学校出现过，听说她决定放弃高考，准备出国读书。她离开前没有向任何人告别，就连牟子宏的电话也没有接，短信也没有回。

05

一

那个夏天就像一场淅淅沥沥下个不停的小雨，虽然不痛快，但是下了,也就过去了。

很快,班级生活恢复平静,课上打瞌睡的还在打瞌睡,下课一群打闹的人依旧打闹,学霸们戴着厚厚的眼镜有条不紊地复习着。唯一的变化是,牟子宏养的那棵看似洋葱的植物,在"死"了一次又一次后,终于在高考后冒出了花。

程满满捧着擦得很干净的花盆,笑着告诉牟子宏,这是风信子。

过了好久,牟子宏才收到一个陌生号码发来的短信:我是倪笑,一切都好,这是新号码。

牟子宏很惊喜,他将自己签约的经纪公司名字和被某著名音乐学院录取的近况编辑成很长的信息发送过去。就这样,牟子宏和倪笑恢复了联系。

日子温润如水地一天一天过着,牟子宏开始了作为歌手的新生活,在一档真人秀唱歌比赛中意外走红,昔日里那个自卑得连心动都不敢想的男孩,蜕变成台风稳健的大男孩了。至于樊景行呢,他被当地一所大学录取,在人才济济的校园内,中学时期的光环慢慢被平淡的生活掩盖。而程满满也终于放下对牟子宏的某种偏执和惦念,打算开始属于自己的人生。

岁月不惊,荏苒已去。大海上随意航行的船只,怎么能避免航线的重合呢?又怎么会知道,有哪些最终会停靠在同一个港口?

四年后,本科毕业,早已声名鹊起、拥有万千粉丝的牟子宏在家乡举办了一场公益演唱会,邀请了中学时的所有老朋友,包括樊景行、倪笑和程满满。

倪笑在国外过得平淡却满足,本科念完后继续攻读硕士学位。和老同学失去联系又重新联系上的这些年,她过得挺好的,对她来说这已经是幸福了。而至于她和牟子宏,就像两条线,不管走多远,不管隔着多么长的距离,不管是否再有交集,她都在他身边,从未走远。

赶上新学期开学,本来倪笑是不想回来参加牟子宏的演唱会的。她一直觉得,青春最美好的地方,也许恰恰在于留有遗憾。两个人最终无法走在一起,无法分享幸福或经历痛苦,都是因为缘分未到,那也就不必强求。

但程满满却不这么认为,这对牟子宏来说,是人生路上非常重要的一刻,而他们两人至今都没有好好面对过彼此,所以她还是找了各种各样的借口,把倪笑"骗"回了国。

06
—

演唱会现场,牟子宏邀请樊景行上台。工作人员推上了一个巨大无比的蛋糕,牟子宏流着热泪讲了一番心里话,他们多年的隔阂终于化解了。

原来牟子宏和樊景行的确是双胞胎，小时候父母离异，牟子宏跟着爸爸过着平凡的日子，而樊景行跟着妈妈嫁给了有钱人，过着富二代的生活。牟子宏并不恨樊景行，只是在那个与整个世界都会发生冲突的青春期，他会觉得，弟弟和妈妈都是爱的世界里最不可饶恕的叛徒。

人是不断成长的。与这个世界多相处几次，就会多懂得几分道理，明白曾经的自己多么无知和幼稚。他接受了妈妈的选择，也原谅了弟弟这十年的缺席。一并随时光退去的，还有倪笑爱过樊景行这件事。

其实牟子宏喜欢倪笑这件事没什么，遇到三角恋也并没有什么可悲的，但如果这段三角恋里有自己的双胞胎弟弟，那情况就完全不一样了。

牟子宏在很多个失眠的夜晚辗转反侧，可能连他自己也不知道，他揪心和难受，究竟是因为喜欢上了这个女孩，还是因为另一个男主角是自己的弟弟，抑或是因为恰恰这两个对自己来说最重要的人产生了某种暧昧的关联。

爱着两个人，本就是矛盾。

牟子宏对着台下说："十八岁的时候，我曾经错过一份美好的感情，今天，不知道这个女孩有没有坐在台下，我希望能当面向她说一些话。"

粉丝一片尖叫。

接着牟子宏说："你善良、阳光，为爱情勇敢而沉默。谢谢你在我的青春里出现，是你让我看见了美好，也让我下定决心一定要成为一名歌手。"排山倒海般的惊呼声中，倪笑坐在程满满给她订的VIP位置上，带着笑和回忆无限感慨。

远处不起眼的位置上，程满满泪流满面。

07

一

那条倪笑给牟子宏报平安的短信，是程满满发的。在程满满的生活中，牟子宏就是自己的男朋友，虽然没办法打电话和视频，但她会以倪笑的身份和牟子宏互相鼓励，也会在不同地方的同一时刻和牟子宏做同一件事情——他们同一时刻在不同影院一起看了《北京遇上西雅图》，在不同的餐厅一起吃了一道对程满满来说很贵的牛排，在不同的商场一起给彼此挑了一条围巾然后寄过去。

可是，程满满怎么会不知道牟子宏喜欢谁呢？她知道，即使当年在体育馆里打球，中场给他擦汗，牟子宏的目光也还是会不自觉地移到另一旁跳健美操的倪笑身上；即使每天给风信子换水的是自己，牟子宏也从未发觉它的长势有些许不同。

程满满站在桌旁微笑着说："洋葱，今天你好呀。"

而教学楼外的远处，牟子宏则鼓起勇气对一旁的倪笑说："你听那首《手心的蔷薇》了吗？"

牟子宏不知道其实程满满不喜欢打羽毛球，不知道她偷偷买车票去参加《超级新声代》被家人严罚整整半年除了上学不许出门；他也不知道，就是那棵风信子让她过敏了三年……

可是，不喜欢就不能勉强，对吧？

当年自己眼中发着光的少年，如今真的带着光芒站在自己面前的舞台上，眼看他就要被转手交给别人了，程满满想到这里，心如刀割，泪如雨下。

演唱会结束后，程满满和倪笑约定好在出口处见面，程满满摘下放着林俊杰最新单曲的耳机，拿着手里的电话对倪笑说：

"你知道吗？我一直都是循规蹈矩的好学生，按时完成作业，见到老师问好，对同学礼貌，唯独做过的一次坏事，就是以你的身份，用它和牟子宏联系。牟子宏这些年一直以为你是他的女朋友，他真的很爱你，你已经回来了，剩下的事，就交给你们吧。"倪笑站在原地一脸愕然，而程满满一口气说完后，转身走进了体育馆外汹涌的人海。

她没有勇气面对即将重逢的两个人，面对这么多年荒唐甚至有些疯狂的自己。

计程车里，程满满用力地做了一个深呼吸，忍不住给牟子宏打了最后一个电话告别。

"恭喜你啊，今天的演唱会好成功，看你实现梦想，我都忍不住哭了。"她哽咽着说。她知道，电话那头的傻家伙，是个一遇到别人夸他就犯尴尬症不会讲话的人。想到这里，程满满笑了出来，接着说，"子宏，你不是一直很想听倪笑的声音吗？她现在就……"

牟子宏咳了一声，打断了程满满的话，用能听见呼吸和心跳的颤抖的声音说："阿满，这么多年，你辛苦了。"

08

忽然想起，在那个非主流的QQ头像和写满小秘密的QQ空间还很流行的中学时代，程满满曾经写下这样一条个性状态：

我爱你，和你无关，对吗？

爱一个人爱到奋不顾身，爱到忘记自己，爱到愿意为他做所有看起来荒谬不可能的事，多年之后仍不会为那段漫长痛苦的暗恋日子和傻傻的自己而感到后悔。对于一个渺小的女孩来说，最后就算两个人没在一起，也是一件很酷的事情了吧。

> ▶ BGM：林俊杰——《发现爱》
> ●阳光眯着眼看我们　同时也发现爱

我爱你，和你无关，对吗？

爱是无处安放的怀念

想对着你笑,就是我的日常了。

苑子豪

01

—

榛子急匆匆地冲进家门，一手摘掉灰色的毛线帽子，一手拉开黑色羽绒服的拉链，打开电脑，再坐下来，接着传出一阵噼里啪啦敲打键盘的声音。

"你想去美国？"

榛子默不作声。

"你疯了吗？"他接着问。

突然，榛子扑通一声趴在写字桌上，号啕大哭起来。

窗外飘着鹅毛大雪，雪簌簌地落下，好像掉在眼睛上，睫毛是会结冰的。远处昏黄的天边显得格外暗沉，一眼望过去，好像没有尽头。外面的车子被皑皑白雪覆盖着，绿色的邮箱被皑皑白雪覆盖着，万物生灵都被皑皑白雪覆盖着，静默无声。

只有室内榛子的号啕大哭声可以穿透整个凛冽的冬日，撕裂人心。

电脑屏幕上，页面停留在"抱歉，您搜索的信息不存在"上。她扫了一眼，没有一架航班是昨天上午从北京飞往底特律的。

"心雅在骗我，对不对？陈卓根本就没去美国，对不对？"榛子拽住他，哭得稀里哗啦，黑色的眼线被泪水浸湿，晕在她的左半边脸上。

几小时前,是胜利中学2006级三班的聚会。

想当初那些幼稚的高中生,到现在都已经大学毕业三年了,有的人做起生意当了老板,有的人还在当北漂、上漂;有的人结了婚当了全职太太,有的人还在四处相亲找对象。人在江湖,尤其是辛辛苦苦打拼这几年,会非常想念高中那段清闲、单纯的日子,那时候可以来一段暗恋,写封小情书。

那时候输了全世界都不怕,因为根本还没有开始拥有这个世界。

说到聚会,榛子是冲着陈卓去的。她化好妆,期待着久别重逢。可是整场聚会压根儿就找不到陈卓,问了他的女朋友心雅,心雅吞吞吐吐半天,最后说陈卓昨天上午飞去美国了,这会儿应该已经到了。

榛子越哭越厉害,就好像那年夏天丢了书包上的小熊挂件。

那是2008年,那一年,榛子十七岁。

02

榛子是一个呆头呆脑的女孩,就在所有人都忙着学习因为奥运会而出现的各类型考点时,她正忙着追星。

榛子最喜欢陈楚生,就是那个拿了2007年《快乐男声》冠军的男孩。榛子买了他的海报、贴纸,还有印着他照片的水杯。少女榛子在饰品店买了一个小熊挂件,这是她最爱的卡通形象。她总说,小熊代表可爱与善良、正义与勇敢,所以她决定,要留好这只小熊,将来有一天嫁给陈楚生的时候,送给他。

少女就是喜欢自己给自己编一个不切实际的美梦,不告诉任何人,在那个花季的年岁里,藏在心底最深处。

后来,在一个周五下午放学后,榛子路过操场时,看到一个男孩在垃圾堆旁清理垃圾。原来男孩是被年级主任惩罚做卫生大扫除,而大扫除的内容是清理掉整个操场的垃圾。

一个人做不完,两个人搭把手。榛子想都没想,就拿校服袖子捂住鼻子帮他打扫起来。一小时后,总算打扫干净了。灰头土脸的榛子一边说着不用谢,一边掸着身上的灰尘,在抬头的一瞬间,她的心几乎快融化了。

"啊,好帅……"榛子抬起头看到男孩的脸,不禁脱口而出。

男孩尴尬地笑了笑,嘴角的弧度和脸搭配起来,可以给十个一百分。傍晚的夕阳打下淡淡的光线,男孩棱角分明的脸显得格外好看。他摸摸头发,扯扯校服的衣角,腼腆地说:"你好,我叫陈卓,二年级三班。"

榛子赶忙给自己辩解:"啊,我刚刚说你的背包,啊,不

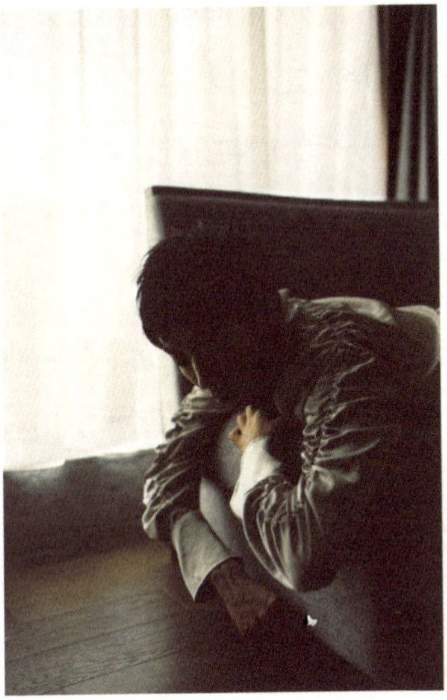
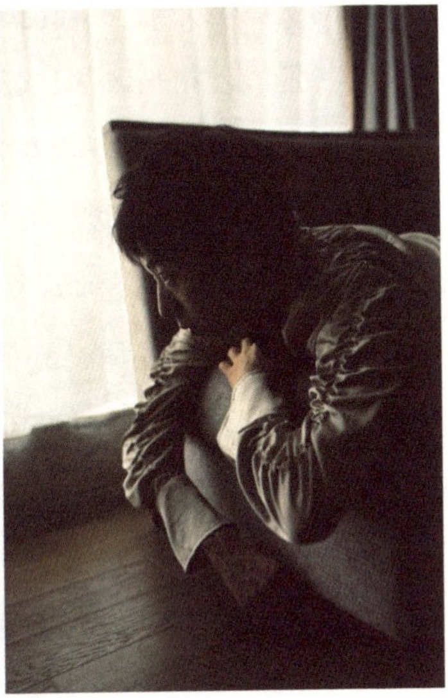

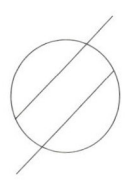

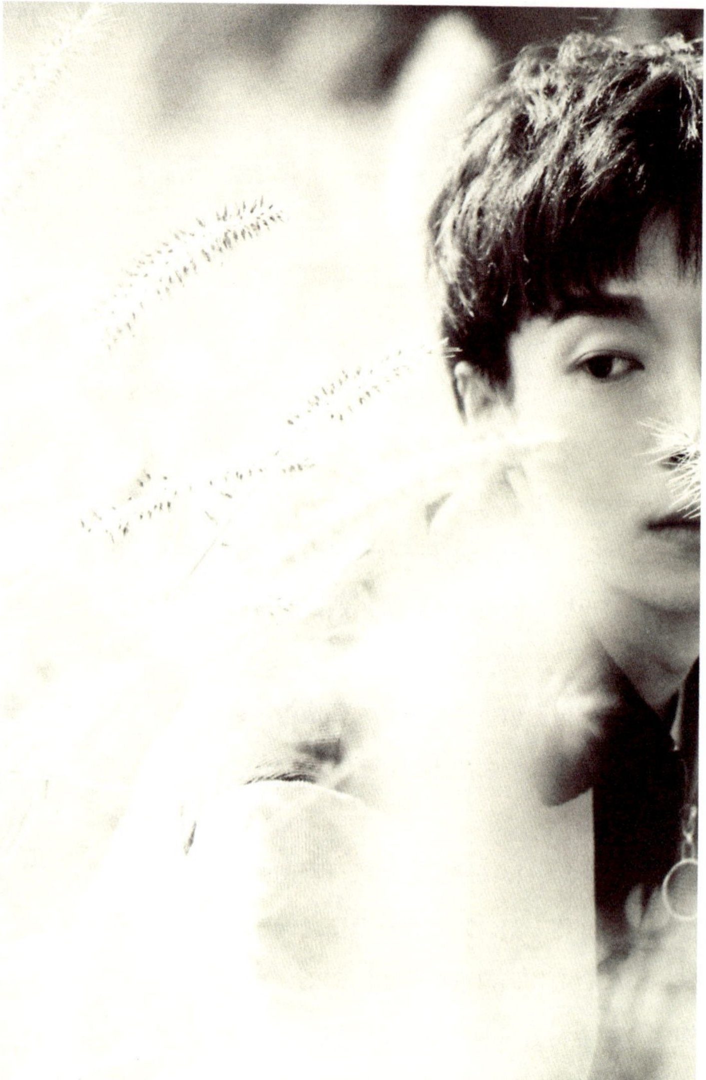

是，你的眼镜——好帅。"榛子吞吞吐吐的，整理了一下自己的衣服，扑哧一声笑出来。

那天他们尴尬地笑了很久，笑声好像可以传到天边的火烧云里。还有就是，那天榛子发现丢了小熊挂件，为此，她哭了整整一晚上。

榛子在静谧的夏夜里号啕大哭。

不过比起小熊，她确定自己更喜欢这个新认识的朋友。

打听了之后才发现，他是全校闻名的校草，只有像榛子这类追星的脑残女生不知道。追星的女生通常有一些共同的属性，比如胆小怯懦，白天偷偷在书本底下藏一本杂志画册，晚上偷偷在被窝里翻手机，铅笔盒上贴满了偶像的贴纸，桌子上和本子上也写着为他们而努力的誓言。

她们用自己小小的身躯，为偶像构筑起一个庞大的世界，遮风挡雨，谁也不许说她们偶像的不好。

那天之后，榛子路过二年级三班的时候，总会不自觉地透过窗户往里面看一眼。陈卓穿着蓝白色的宽松校服，坐在教室的角落里。他有很长但是没遮住眼睛的刘海儿，他的鼻梁很高，上面架了一副金属框的近视镜。他很白，又瘦又高，不会打篮球，不擅长体育运动，但会弹吉他，会唱歌，这也足够满分了。

陈卓偶尔路过榛子的班级时，也会下意识地往里面看一眼，紧接着教室里就会传来一阵女生的尖叫声。淹没在这阵尖叫声中的，有陈卓好看的笑和低头害羞的榛子小小的窃喜。

再后来，陈卓在学校弹吉他时，会喊榛子过来坐第一排。在一群女生嫉妒又嫌弃的眼神中，榛子听得很幸福，好像见到了自己很喜欢的陈楚生一样。偶尔在食堂遇到，陈卓会喊榛子过来，和他的朋友们一起吃饭。榛子就坐在陈卓对面。

她面对的除了那个真的好帅的他，还有整个学校女生的虎视眈眈。

榛子不算漂亮，不胖，但是有圆圆的脸，齐齐的刘海儿在那个时候算是可爱的了。她的偶像是爸爸、陈卓和陈楚生，而且确信无疑的是，比起喜欢了一年多的陈楚生，陈卓排在前面。

少女时代的她们总是有各式各样的烦恼，脸上起了一颗青春痘，刘海儿总是有几根不按照平均速度生长，裙子不知道怎样搭配，白色的袖子被同桌的坏男生画上了笔道儿。她们通常不敢向喜欢的男生表白，体育课最喜欢跟老师请假，用万年俗套的"姨妈拜访"当理由，跟闺密手挽手在操场上一圈又一圈地散步。她们之间，好像总有说不完的心事和分享不完的小秘密。

榛子也不例外。

榛子绝不算是美的那类女孩，成绩平得跟胸一样，穿着搭配偶尔出错，这些跟心雅简直没法比。

心雅是陈卓的同班同学，家里条件好，爸爸是当地最有名的外科医生，大大小小的手术都是第一把柳叶刀，因此也赚了不少钱。心雅的穿着打扮、言谈举止都是有钱人家孩子的模样，在所有人的眼里，心雅跟陈卓才是天造地设的一对。

有一次在学校的饭堂吃午饭，陈卓周围围着几个兄弟，而他照旧一副校草从来不打饭的帅样子坐在位置上，叫榛子拿着他的饭卡去买。

榛子已经不是第一次帮他打饭了，干煸豆角盖饭，不要肉末，菜和饭分开放，外加一杯不凉的可乐。榛子自己打了一份五花肉烩肥肠和一碗酸辣汤。她端着放着两份饭的餐盘，咧着嘴、迈着幸福的小步子跑到陈卓身边，发现对面的位置坐着心雅。

榛子尴尬地把陈卓的饭取下来，一把放在他面前——

"哥！干煸豆角盖饭，不要肉末，菜饭分开，可乐是常温的，请您放心食用。任务圆满完成，拜了个拜。"

她端着五花肉烩肥肠和酸辣汤转身走开的时候，滚烫的眼泪哗哗地往下流。

榛子说，那天的饭菜格外咸。

那是她第一次喊他哥，鼓足勇气脱口而出，为尴尬得像丑小鸭一样的自己解围。

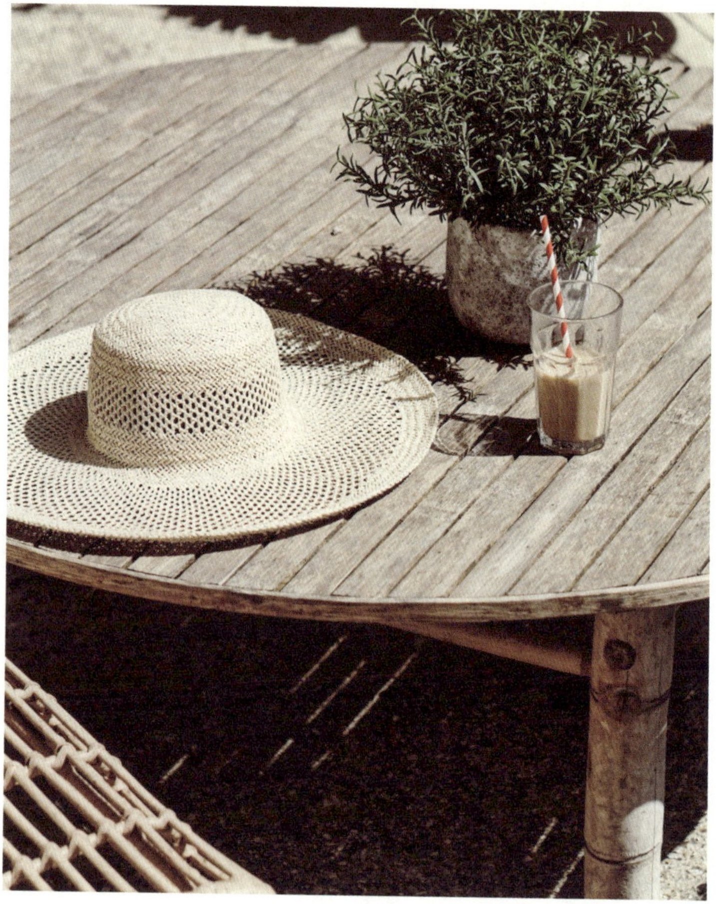

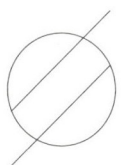

其实榛子不是不知道,陈卓背的包是心雅送的生日礼物,每天放学回家时,陈卓都会把同在一个地方住的心雅送回家。偶尔路过二年级三班,还可以看到他们凑在一起嬉笑打闹。他们的父母彼此认识,好像还很熟络,没猜错的话,应该就是那种两小无猜之上的世交。

榛子觉得自己就是太傻,傻到充满不切实际的幻想,傻到无边无际,傻到全世界、全宇宙就只有她这么一个傻姑娘。

03

2008年的夏天,全世界都弥漫着奥运会的气息,电视机里昼夜不停地播报着实时赛况。学生们在摇摇晃晃的陈旧的大吊扇下,做着一道又一道与此相关的考试题。

难得到的金牌总会被人夺走,炎热难熬的夏天也总会过去。

9月一过,转眼间大家都成了毕业班的学生,而榛子,也不再是那个爱躲在角落里窃喜的女孩了。陈卓还是每天戴着那副看起来古旧的金属框眼镜,体育课躲在角落里看漫画,自习课爱学数学,放了学,背着黑色的书包,推着单车,送心雅回家。

不过那时候,在这段复杂的感情关系里,榛子还是没输的。

虽然半夜会在被窝里偷偷哭得泣不成声，但是白天见到陈卓，还是可以大大方方地打个招呼："哥，昨晚睡得好吗？"

其实陈卓也很照顾榛子，只要陪心雅去饰品店，就会偷偷买各种各样的小熊挂件，攒起来，等到榛子生日那天一并送给她。想到榛子是在过年的时候出生的，他还笨手笨脚地织起了围巾。这种看起来只有那些绣十字绣的女生才会做的事情，他却偷偷地做着。偶尔被来家里玩儿的兄弟发现，他会很难堪，只能抓抓头发，拿自己是校草要多才多艺搪塞过去。

他是爱笑的，被发现偷偷织围巾的时候，面子上过不去，脸红心跳，怕兄弟嘲笑，等他们走了，就会一个人窃喜，拿起来闭着眼睛闻它的味道。

陈卓说榛子穿红色的衣服最好看，那样的她看起来可爱又美味。

有一次榛子被班里的坏男生欺负，他们画猪模样的图，贴在她身上，还把吃过的泡泡糖粘在榛子凳子上，看着她站起来像被拔丝一样的表情，捧腹大笑。有时候上课，坏男孩还会偷偷地蹲下去，把榛子的鞋带解开，系在桌脚上，等老师喊她起来回答问题时，她差点儿摔倒，滑稽的样子惹得全班同学哄笑。

陈卓听说后二话没说就去榛子班里把那几个男生揪了出来，脏话还没骂一句，就被那几个男生带到操场上打了。那天，就在学校的那个垃圾池旁,一群人围着陈卓一个人打,打到夕阳西下,打到陈卓再没有力气还手。

一个瘦弱到根本不是对手的男孩,在用他的方式极力保护一个女生。

等到榛子来的时候,陈卓已经躺在地上动弹不得了。他额头流着血,头发杂乱不堪,鼻子、嘴巴肿得好像充了气。这群男生大笑着离开,嘴里还嚷嚷着:"还校草呢,弱得跟个娘娘腔一样!"

然后是一阵哈哈大笑。

榛子抱着他的头,眼泪一下子就淌下来。她不知道为什么陈卓这么傻,会为了自己去跟一群恶棍打架。那时候,她手足无措,除了哭和自责,不知道该怎么做。

后来,陈卓的兄弟和心雅跑来了,背着他去了心雅爸爸所在的医院。

那天夕阳西下的时候没有火烧云,天边暗沉的颜色透着昏暗的光。10月的风很凉,心雅打在榛子脸上的巴掌,很痛很痛。

"你不知道陈卓身体不好,不能打架吗?"

"你除了给他惹事,还会干什么?"

"滚!离开他!"

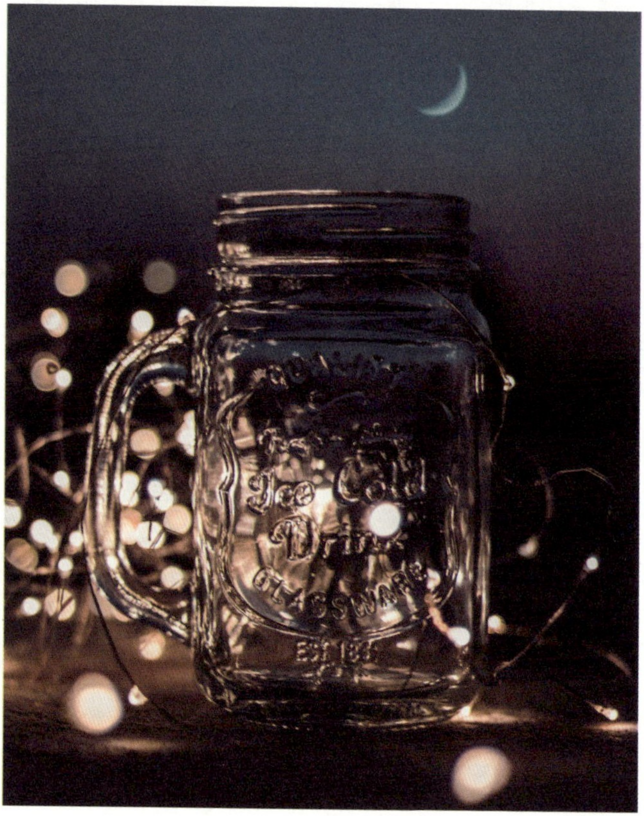

04

一

时至今日榛子还记得脸上被打了一巴掌是什么感觉,火辣辣的,有些刺痛,又有些怔住的感觉。

榛子写过很多封道歉信,说过很多句对不起,拿着蓝色的圆珠笔,在自己的手心一遍又一遍写着"我错了"。有星星的晚上,她就偷偷地跪在阳台的地上,望着窗外的夜空许愿,希望可以用自己的健康去换他的康复。

那个冬季总是下雪,一场接着一场。鹅毛大雪,雪簌簌而下,好像掉在眼睛上,睫毛就会结冰。远处昏黄的天边显得格外暗沉,一眼望过去,好像没有尽头。外面的车子被皑皑白雪覆盖着,绿色的邮箱被皑皑白雪覆盖着,万物生灵都被皑皑白雪覆盖着,静默无声,静默无声。

只有榛子窝在被窝里,一个人轻轻地唱着陈楚生的歌——

当火车开入这座陌生的城市,那是从来没有见过的霓虹……
看不见雪的冬天不夜的城市,我听见有人欢呼有人在哭泣……
有没有人曾告诉你我很爱你,有没有人曾在你日记里哭泣……

05

那场打斗后,陈卓休息了整整一个月,再回到学校时,好像隔了一个世纪那么久。

陈卓再见到榛子时,还是会微微一笑,只是榛子,不会笑了。

她会低头尴尬地打个招呼,像个犯了错误的小孩一样,匆匆走过。经过二年级三班时,她会不自觉地往班里看向陈卓的位子。偶尔与陈卓的眼神对上,她总是下意识地躲开。她再也不喜欢小熊挂件了,随你怎么说,她愿意做一个多情又不专一、无情又冷酷的女孩。

后来陈卓给榛子手抄的数学复习资料大全和英语阅读宝典,也都被她拒绝了。再后来,陈卓帮着他的好兄弟王辰追到了榛子。陈卓说,这辈子不会再认妹妹了,就这么一个妹妹,要王辰替他好好爱她。

王辰就是每次吃饭都坐在陈卓旁边的那个人,典型的傻痴傻痴的男二号。

2009年年初的冬天没有再下雪,过年的时候各家各户都热热闹闹、喧喧嚷嚷,但大街上冷冷清清。这种感觉好像是,当你走进家门,亲戚邻居的热情让你产生幻觉,但当你走出家门,你会发现现实还是冷冰冰的,让人失落。榛子偶尔出门去逛饰品店,没再买过小熊挂件，也没再遇见过陈卓。

那年1月份，陈楚生召开新闻发布会，单方面宣布要与经纪公司天娱传媒解约。这件事情闹得沸沸扬扬，和榛子的内心一样，无比错乱。

她只记得，那年的大街小巷，很少再放他的歌，那年的大街小巷，也很少再出现他的身影。

春天悄然而至，万物复苏，雨润无声。

6月，所有错综复杂的思绪都在高考之后戛然而止，紧绷的静谧的弦，在铃声响起的一瞬间松了，全场欢呼，那是属于一代人的解放和胜利。

后来，心雅如愿以偿地考到了北师大。陈卓发挥得很好，班主任和校长都劝他报考清华的金融专业，最后他却选择了北大医学部。王辰陪着发挥得也不太好的榛子，上了本地的一所二本大学。

班里有的人哭，有的人笑，有的情侣说再见，有的坚持要异地恋不分手。每个人的命运，都在巨大的旋转盘中，被重新规划了。他们也不知道未来的日子是喜是忧，更不知道未来的自己，会遇见谁，又会有怎样的对白。

大学四年，分开在两地的他们没有再联系。榛子每天逛淘宝，王辰负责骑着破旧的单车给她取快递。她穿着淘来的五颜六色的裙子，搭配得好像十八线女网红，不过她从不穿红色。下课了，两个人就在食堂面对面地吃饭，你夹我的菜，我夹你的肉。榛子吃不完的米饭，王辰都会拿过来倒进自己的碗里。

而心雅和陈卓，据说在朋友圈里发的都是又去了哪个洲旅行的照片。

榛子一直没加陈卓的微信，倒不是因为不敢，而是因为觉得这么多年过去了，也没必要联系了吧。

2011年，偶然听说陈楚生解约的事情闹了三年，终于达成了和解。陈楚生面对媒体说，那年的自己的确不够成熟。

06

—

转眼又过去了四年，微信在我们的生活中越来越火，许久不联络的同学在群里面聊着当年的故事，满是回忆的大家决定聚会。那晚榛子想了很久，她想起每次陈卓经过时，自己都会心跳加速；想起每次陈卓唱歌时，都会眼神明媚地看着她；想起陈卓算起数学题的认真模样和为她挨打时的坚定眼神；想起他冬天给她泡的奶茶和她夏天买给他的两罐常温可乐。榛子想起了陈卓所有的好、所有的温柔，但就是想不起，为什么这条路会走成今天这个模样。

或许我们每个人，本都是有自己应有的归属。

后来榛子决定去参加这场聚会，那天她化了很好看的妆。她期待着见到陈卓时说一句"好久不见"，就算他身边站着另一个她。

不过后来还是没见到。

心雅不熟练地撒了谎，榛子知道，其实陈卓没有去美国，也一定不会去，因为在高二地理课上学洲际时差的时候，他就对她发过誓：彼此永远没时差。她知道，陈卓一定在躲她。

07

—

我是王辰，榛子现在的、过去的，很可能也是未来的男朋友。

我也是陈卓高中时代最好的朋友，那种我答应的事情一辈子都会做的好朋友。

这些年，我一直跟陈卓保持着联系，我知道，他过得一点儿都不好，比任何人都不好。

是的，陈卓在2013年冬天就去世了，死于心脏病。

陈卓的爸爸有很严重的心脏病，他遗传了家族的病史。心雅的爸爸是全市最好的外科医生，一直在努力为陈爸爸做手术，因此陈家一直很感恩。

陈卓妈妈说，陈家欠了心雅爸爸太多情，几笔手术费都是从减到免，这几年陈爸爸的手术在节骨眼儿上，希望陈卓可以为爸爸考虑一下。于是，就这样，陈卓答应了跟心雅交往。

其实陈卓身体一点儿也不好，他从不打篮球，体育课上也从不去运动，更别提那次让他心脏受到很大刺激的打斗事件，为此他休养了足足一个月。

他知道自己要带着复杂的社会关系，带着爸爸的心脏病，带着对陈家的感恩和报答，带着维持和心雅家关系的任务，必须接受喜欢自己的心雅。他知道自己没办法一直疼爱那个可爱的、善良的、单纯的小榛子，于是求我去照顾她。我钻了这个空子，带着这么多年的愧疚和秘密，和榛子相爱了。

她一直不知道，陈卓有多爱她。那年他攒下来的小熊挂件，织好的红色围巾，都被我锁在柜子里，不敢拿出来。

她说过，最难过的事情不是你喜欢的人不喜欢你，而是曾经爱你很深的人，如今不爱了。

而他说，爱你，我做不到，我不参与。

其实很多时候，明明两个人很相爱，但由于种种现实的主观和客观因素，注定无法在一起。就好像陈卓和榛子，彼此喜欢却不能相爱，心里挂念却没有爱的能力。

门当户对不是真爱的必要条件，但倘若门不当户不对，相爱是会有重重阻碍和坎坷的。别天真地说只要两个人相爱，就会冲破所有的阻碍。真的遇到了，往往才会明白，现实是一堵可怕又真实的墙。

异地恋的撕扯，家人的反对，经济条件的差距，这世界上有太多足以打碎真爱的因素。

但这些又如何，你仍然要拥有对真爱的渴望精神和为之付诸努力的坚定信念。

你永远不要怕，因为爱过即值得。

是的，有人爱过你，你也爱过，这就是美好了。就像初恋那件小事儿，纵使最后没在一起，想起来，嘴角也依然会带着笑。

所以别去想那么多如果和万一，在我们最美好的年纪里，邂逅过，怦然心动过，一起走过，就是最美好的事情。

哪怕日后悔恨过、遗憾过，也都是青春。

愿你永远不要为失去而伤心，愿你永远因得到过而知足，就把那段逝去的最青涩、懵懂的美好爱情，安放在内心深处最圣洁、最单纯、最清澈的地方，好好保存，永远怀念。

倘若真有那一天,相爱的人分道扬镳,那么再往前看,漫漫人生中,总会有人爱你如生命。

08
—

看着小榛子趴在写字桌上哭,王辰突然想起来,那天傍晚,鼻青脸肿的陈卓被痛哭流涕的榛子抱在怀里时,陈卓说:"傻瓜,别哭,我身体好着呢,挨顿打没事的。"

那时候,小榛子哭着鼻子说:"胡说八道什么呢,要是哪天你真的有事了,我该怎么办?"

09
—

爱你,是无处安放的怀念。

> BGM:林俊杰——《学不会》
> ●总是学不会 真爱也有现实面
> 不是谁情愿 就能够解决

木棉会开花,星星会说话,
汹涌的海水会爬上干涸的荒漠,
黎明与曙光终会穿越漫长黑夜。
可是不喜欢你的人,终究不会喜欢你。
你要承认。

Chapter
B

微光

Twilight

一个人把艰难走完

这个世界美好的东西太多了,我们都不能过多占有。只希望未来遇见你之后,我们的生活能简单,所有爱与被爱都能相守。

苑子文

01
—

一个人在爱情里是什么样的?

是生活里每一个瞬间都因为对方的存在而闪闪发光,是想告诉全世界自己喜欢得有多勇敢、多坦荡,是想为对方做一些也许平凡也许伟大的事情。

我在爱情里是什么样的?

是一个不会讲好话的冷场王,是在她哭的时候不懂怎么安慰的木头,是想永远停在相处的这一刻,却又想迅速长大可以保护她。

读大学的时候,我曾有过一次认真的恋爱,虽然后来由于一些原因分开了,但那些用简单的加减乘除就可以计算出的日子,说起来还是会忍不住炫耀。我曾经那么认真地爱过一个人,而她也曾深情对过我。

第一次见面是在朋友聚会上。我平时是一个生活很随性的人,我记得洗了头发还没吹干,戴了一顶棒球帽,穿着黑色夹克搭了一条运动裤就出门了。

结果朋友见到我的第一句话是,现在都流行这种风格的穿搭了啊?

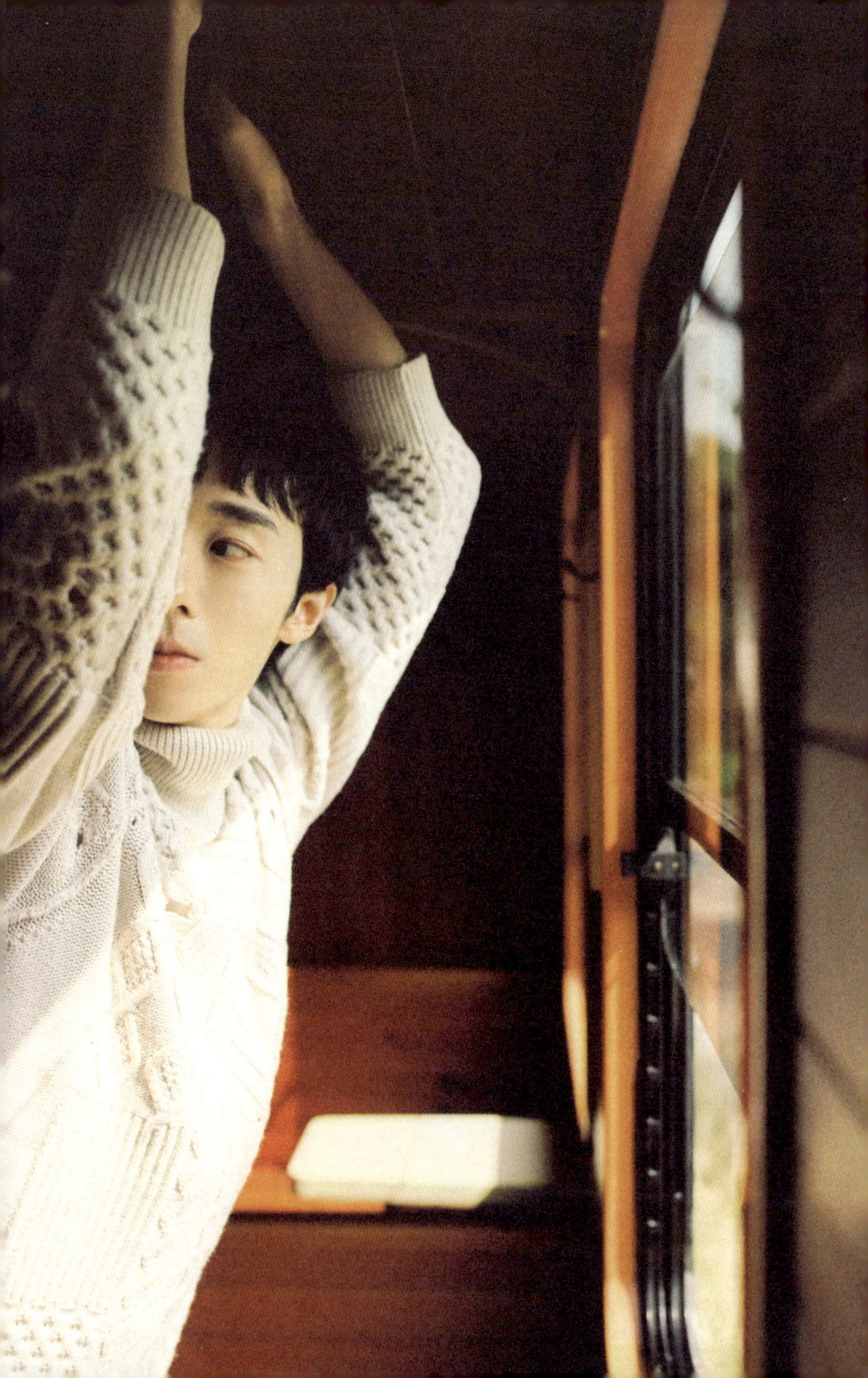

在爱情里，谁先主动，谁就输了。

整个聚会上我并没有多注意她,只是有一句没一句地回答一些涉及我的问题,也尝试过对朋友抛出的话题表达自己的观点,但也是很柔和的,并没有带过多个人色彩。

因为晚上有点儿困,很早就回家了。

我平时是一个不会主动聊天的人,手机里App加起来也就十个,还经常忘记手机放在哪里——再打开手机的时候,已经快晚上十一点了,是她习惯睡觉的时间。

打开微信,跳出来她的两条信息——

"到家了吗?今天见到你很开心。"

"我先睡啦!"

两条信息隔了一小时,我在想,会不会因为我没有及时回复,惹她生气了?但又想,她应该已经睡了,只好回了一个:"好的,晚安。"

就是这一个没情商的"晚安",和她在一起后被吐槽了很久。

认识一阵子以后,我们也只是偶尔聊聊天,没有太多感受到不一样的气氛,直到有一次她说想来北大看看,还从没有来过我们学校,结果不巧的是,刚好我那几天有工作要忙,就约了改天再见。

后来她说,一个女生如果问你要不要一起出去走走,某某地方又开了一家看起来很好吃的餐厅,或者是哪条街里有个很好玩的小店,就代表她很想见你,所以,毫无例外地,我又命中了一个她的槽点。

再后来更熟了一点，她开始和我倾诉一些学习和实习中遇到的小麻烦，而就这样在我的"安慰"和"建议"下，两个人渐渐有了信任感，变得熟络起来。我们会选周末没课的时候一起吃饭，坐地铁去很远的地方给好朋友选生日礼物，每天都要打电话直到宿舍熄灯……就这样相处了大半年，我们心里很清楚应该都是喜欢彼此的，但谁也没有主动说出来。

时间转了半个圈，情人节就要到了。说实话我是最怕这种日子的，因为担心会选错地方吃饭，会挑不到好的礼物，还有可能会说错话。

那天在学校附近吃完饭，我们说一起走走，可怕的是，我却带错了路，走到了一个人很多很吵的地方。好像刚刚开完某个会议，路上走来走去的全是人。她扑哧一声就笑出来了："你怎么一点儿都不懂浪漫啊？哪有带女孩来会议中心逛的啊？"

那个时候，我已经忘记了未名湖旁有长椅，湖心有石舫，博雅塔下有长凳……

失误三连中的我，觉得已经没有退路了，所以当时只做了一件事，就是一把拉住她的手，很没逻辑地说："我感觉我这么笨，我们的友情已经走到了尽头，那就做我的女朋友吧。"

后来她说，虽然开始真的很生气，但那一刻真的被我的"惊喜"甜到了，一瞬间觉得，把自己托付给这个有点儿傻、有点儿笨的人，也挺好的。

02

那天之后，我们就开始了一段很认真的恋爱。

我们的学校不在一个方向，每天从我的学校到她的学校要差不多一个小时，然而平时上车就会睡觉的我，在路上一点儿都不困。刚开始因为情商不够只能努力来凑，所以每次在路上都会想见面时要说什么话，去哪里做什么，什么时候可以趁她不注意吻她一下。然而见面之后完全忘记了所有的设想，总是做一些让她又气又笑的事情。不过也正是在她被气笑的时候，我能真正感受到两个人在一起的美好小时光。

我们一起去旅行，期末考试交完试卷就飞奔到机场。候机的时候总会买都爱吃的冰激凌，她喜欢肯德基我喜欢麦当劳，所以在选哪个都矛盾的情况下，我们总是很默契地选择肯德基。她喜欢拍照，在路上总是让我靠在她肩膀上假装睡觉，拍一些很温暖的照片。我一个这么要面子的狮子男，怎么可能轻易答应？所以每次我们都会约定好，只拍三张，拍完她就必须乖乖被我搂着。她靠在我肩膀上睡着时，我像个小孩子一样，打开前置摄像头，模仿她刚刚的角度，也试图拍一些很温暖的照片。但

驯服一个人，
是恋爱中最刺激也最美好的部分。

是因为每次都是等她睡着了，所以基本上拍出来的她都毫无美感，被迫删掉。

旅行的时候，她前一秒还在为早起而生气，后一秒就打扮得漂漂亮亮挎着我的胳膊出门了。我喜欢在海边坐着，就听风声，放空自己。她总说我太忧郁了，于是带我去酒吧，去人多热闹的地方。我总觉得我们一个像冬天，一个像夏天，但她说，她走慢一点，我追上她，就变成最舒服的春天了。

我们在一起的时候，她让我改掉了很多毛病，比如爱发脾气、忍耐力差。她不喜欢我的头发竖起来，让我买一些黑色以外的衣服。

她说："你要多笑一些，你温柔起来，真的可爱多了。"

她还说，我是一头狮子，但她希望我为她变成大猫，因为驯服一个人，是恋爱中最刺激也最美好的部分。

我问她："为什么一定要驯服呢？"

她说："《小王子》里说，如果你想要驯服一个人，就要冒着掉眼泪的危险。一旦你驯服了谁，就要对她或他负责，永远负责。"

但爱情从来都不是公平的，不是我喜欢你多一点儿，就是你喜欢我多一点儿。

03

我是一个时间观念很强的人,最不喜欢迟到,哪怕是我弟迟到也会训,但对她,我一点儿脾气都没有。

有一次她和朋友聚会,我们约好吃完饭去看电影。我选了她学校附近的一家电影院,眼看电影开场的时间到了,手里的冰激凌已经融化,沿着杯盖要溢出来了,手机却依然没有收到回音。后来我在甜品店坐了一个小时,又在商场逛了逛,在门外傻站了又一个小时后,她终于回了电话:"朋友要出国了,好不容易聚在了一起,手机静音来着,忘记要看电影了。"这时上一场电影刚结束,从商场的小门渐渐走出很多人。

"等我一下,不要生气啦,捏捏你,笑一下。"

听到笑一下的时候,我还是忍不住笑了出来。后来才知道,那天不是什么朋友聚会,而是公司迎新聚餐——她找了一份实习工作,刚进公司,部门主管请大家吃饭欢迎她。

因为她的这份实习工作,我们的世界越来越远。

不知道你是不是也有过这样的经历?自己爱的人,在投入一份工作后,有一段彼此很难适应的时间。她在忙的时候,你不忍心打扰;她陪你的时候,也一直在和你吐槽工作上的烦恼。就这样,我们每天的联系变成了她的工作汇报,每次见面也计算着,哪天最合适，哪里比较方便，甚至很多时候，我觉得她只是"顺路"和我见上一面。

其实大多数时候，我是理解她的，可能初入职场的人都会感到新鲜吧。干劲儿十足，接触的每一份工作，无论大小都希望做得完美，因而会特别投入。我们恋爱了很久都没有吵过架。即使她工作后，有了和我不同的处世方式和价值观，我也不会去干涉。在外人看来，我们是很默契的一对，朋友经常羡慕我们能够融入彼此不同的世界。

可就因为不同，我们注定有很多地方像是合不上的齿轮，一直在摩擦，却无法咬合。

后来我因为常常在外地参加活动，有几个月都是聚少离多，而她的老板又对她非常照顾，经常在一起加班吃饭。有几次我工作完回到酒店，发起的视频对话都被拒绝了。总之，因为这些鸡毛蒜皮的小事，我们开始了无休止的争吵。

04

—

"我不是爱吃醋……那……我是什么啊？我就是吃醋！"

"哪有那么多班要加，我就是你的功课，以后加我的班！"

"我知道不让你工作很自私，但我真的很想自私一次，我们回到以前，好吗？"

……

有段时间，我推掉了所有的活动，专心在北京念书，这样就不用到外地工作，也就可以随时见到她。但我们见面的次数并没有因为我留下而变多，反而越来越少，甚至很多时候，我觉得她已经不那么喜欢我了。

在爱情里，谁先主动，谁就输了。

这些平时拿来教育朋友的话，在自己遇见问题的时候，却完全用不上。我们听过很多道理，但事情发生在自己身上时，依旧是一个什么都不懂的小孩。

我们每一次的退让、理解，都变成了对方眼里的"你可以"和"你还可以"，而每次的"你可以"和"你还可以"，都会给自己造成一种更有负担的错觉——你付出了很多，却没有得到相应的回报。

爱情本来就是这样，不是你爱我多一点儿，就是我爱你多一点儿，绝对的平等是不存在的。但我们也应该明白一个道理，在爱情里一味付出，只有两种结果，一种是花好月圆，另一种是曲终人散。

分手的那天，她来我家楼下找我，我装作若无其事地听她一字一句地解释，解释完我就离开了。

因为我觉得，对于一个十分要面子的人来说，女朋友喜欢上了别人，就是冲破了最后的底线。

但刚回到家里，过去真实发生过的种种就浮现在眼前，心一软，立刻回拨了电话，电话那头，她一下子就哭了出来。我拿了钥匙就往楼下冲。我一直跑，像失去了自己最心爱的宝贝一样，特别绝望。

当我在马路边发现她的时候，我抱着她说："一切都过去了，我们好好的，不要再分开了。"

她哭着慢慢推开我，说："其实我现在挺幸福的，厘清了这些复杂的关系，我只是不知道为什么会走到这一步。"

05

不知不觉已经分开有一段时间了，回想起失恋的那段日子，每天晚上很难睡着，找朋友来家里喝酒，平日酒量很好的我喝一口就条件反射似的吐出来。早上很早就起来了，按时出门给弟弟买早饭。有时候走在楼下，会觉得腿不是自己的，并没有太多的知觉，只是机械地到达一个地方，买到东西后再折返。

其实每天出门买饭，也吃不下几口，只是每天醒来都很迫切地想出去透口气，好像一个人待一会儿，就像路边大叔嘴里吐出来的烟一样，轻松自在。

那段日子我很少和朋友出去，经常一个人坐在窗前看天色渐渐变暗。晚饭后弟弟会陪我到楼下散步，但我每天要么不停地说想念她，要么一言不发。

那时候还喜欢听梁静茹的歌。

分手快乐　祝你快乐
你可以找到更好的
不想过冬　厌倦沉重
就飞去热带的岛屿游泳

一个人在年轻时总要有那么一次，为爱一身孤勇，被爱伤透清醒后，才能长大，才能明白更多。

从没想过我会因为一首唱失恋的歌，而真的和好朋友去热带岛屿游泳，泡在清澈透明的水里，耳朵间断失去知觉，只有呼呼的水声。那一刻好像人与世界隔开，时间都冷静下来了。

经过了漫长的夏天，把泪水都变成汗水流干，又度过了不长的秋天，还没反应过来就已经穿上了厚厚的冬装。如今那个人已经离开我整整一年了，我也终于像歌词里写的，一个人把分开后最艰难的路都走完了。

06

一

曾经以为很认真地喜欢一个人,同样也会被这个人很认真地喜欢。后来发现,最强求不来的就是感情,最解释不清的也是感情。

你不用问自己,究竟哪里出了问题,为什么说变就变了,委曲求全有没有用。

因为没有答案。

曾经一度怀疑自己,在失恋中折磨自己。你很清楚,并不是因为害怕分手,只是觉得遗憾,本来可以好好的。你去看一直想去看的风景,你慢慢地找回因为恋爱而冷落的朋友,你陪父母的时间变多了,剩下的时间,你读书、写字、做自己想做的事。你开始慢慢懂得,成长的最大力量,就是让一个人变得美好。

终于,很久之后,你看到喜欢的人过得好,竟也能开心一笑。因为你明白,在你心里,那个人已经翻篇了。你应该高兴,终于结束了一段斤斤计较的日子,开始了更加洒脱的新生活;你也应该替她高兴,有一段还不错的感情,被照顾、被保护、被记住。

分开后有一段日子
躲得远远的

终于我都走完了
慢慢也懂当时不懂的
此刻你生疏的温柔
触及我结痂的伤口
以前多不能原谅
如今都能笑着说出口

爱上一个人的时候，要用力爱；离开一个人的时候，要慢慢释怀。身边的人变来换去，走来离开，而我们都为一个人变得更好了。所以，即使不在一起了，也不要停下往前走的步伐。

> BGM：林俊杰——《记得》
> ●谁还记得　是谁先说永远地爱我
> 以前的一句话　是我们以后的伤口

愿所有不爱的,
都无法相爱

不爱你的人,
就把最好的祝福送给他。
即使一个人,
你也不要怕。

苑子豪

01

夏天的傍晚是漫长的、寂静的,好像总也结束不了,我们想要看星星,总要等到晚自习下课之后才可以。

过了春分日,白昼开始比黑夜长,夜色带着阴暗慢慢撤离。因为天总是亮的,所以谎言会被揭穿,真相浮出水面,命中注定相爱的人会遇见彼此。直到秋分那一天,全球昼夜平分,各十二小时,没有相遇的人会重新回到萍水相逢的那一刻。

这是蒋木说的。

蒋木喜欢坐在操场角落的废弃器械架上,然后看着天空发呆。

铁锈长在废弃的器械支臂上,原本蓝色的运动器械已经被风霜雪雨侵蚀得认不出模样,锈迹斑斑。

但是坐在上面,依旧有铁的凉。

很多人说,蒋木患有轻度抑郁症。

他不合群,不爱和班里的男生聚在一起,留着长长的违反校规校纪的刘海儿,盖住乌黑的睫毛。身体瘦削的他喜欢穿极其宽松肥大的校服,白色和蓝色相间。眉清目秀,帅倒是不算,但是长大后肯定也是个少女杀手,现在留着就是个"祸害"。

蒋木喜欢单肩挎着包,耳朵里永远塞着一副耳机,MP3里翻来覆去只是播放着那几首歌。有时候即便不放音乐,他也会把耳机塞在耳朵里，这会让他有些许安全感。

毕竟音乐是不会伤害人的。

不放音乐的时候，耳朵被耳塞堵住，全世界好像在真空中消了音，静静的，静静的。

"秦放！"

一声尖锐的喊声刺破夏日的宁静，把绵薄的空气撕裂开了。

徐舟舟气冲冲地走向人群，揪着秦放的耳朵，把他拽了出来。

"你就知道踢球，就不知道给我出出招！"

说这话的时候她跺着脚，眼睛是红的，泪珠就在眼眶里打转，好像落下来，砸到地上，会变成满地滚的宝石。

秦放愣了愣，拿脏兮兮的半袖背心蹭了蹭脸上的汗，看着她，并没有说话。

02

徐舟舟是典型的外向过头的女孩，性格跋扈，热情四射，谁要是惹了她，一顿皮肉之苦是免不了的。她的同桌朱大狗的胳膊被她掐得青一块紫一块的，朱大狗怕回家被妈妈发现，就拿着各种颜色的水彩笔在手臂上画画，青色的画成青花瓷，紫色的画成紫玉石头，跟他妈说是最近痴迷上了画画。最后搞得朱大狗妈妈一边心疼地哭着,一边拿朱大狗下个月的零花钱给他买了厚厚一沓水粉纸。

朱大狗当然恨得咬牙切齿。

其实对于徐舟舟的跋扈,大家是有目共睹的。食堂打饭的大师傅总是挤眉弄眼地调戏刁难女同学,还死不认账。有次遇上徐舟舟,大师傅刚眉飞色舞地准备骚扰她,她端起酸辣汤就从递出饭的小窗口直接泼了进去,放多了胡椒的酸辣汤弄得大师傅的眼睛又红又肿。大师傅在家休息了整整一星期,回来后总会给她多放一块红烧五花肉,再客客气气地把饭钱的零头抹掉。有时遇上学校的混混、流氓欺负女生,哪怕与被欺负的女生素不相识,她也会挺身而出。面对一百八十斤的大胖子,徐舟舟抄起一个暖水壶就朝着对方脑袋抡过去,胖子脑袋流着血,哭着喊着就跑了。

徐舟舟说她爸跟她说过,女孩打架要想赢,就要拿出不怕死的架势,这样对方看你不要命,就会服软、认输,朝着北边逃跑了。

事后她爸知道了,气得腰直抽筋。

后来徐舟舟回想起来,爸爸说的好像是,女孩面对困难,要像打仗一样,拿出打死也不认输的信念,困难就会像逃兵一样败北了。

徐舟舟喜欢蒋木。

这听起来就好像是个笑话,一个热情似火,一个冷酷如冰,凑

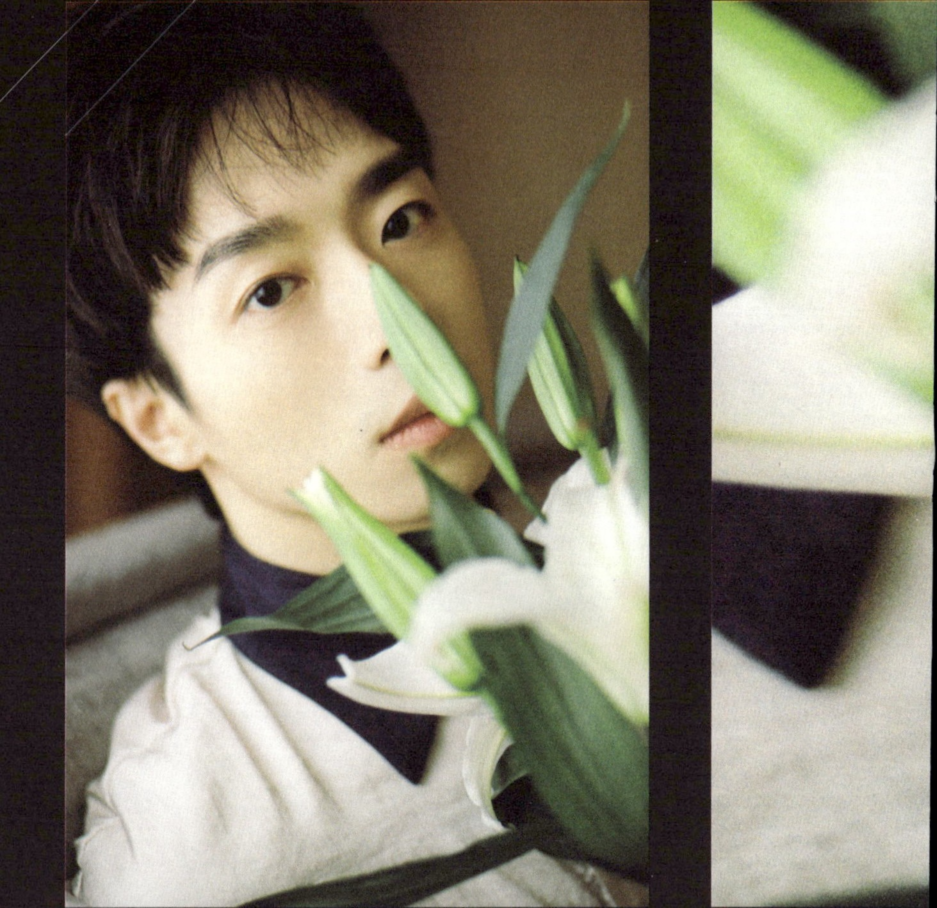

BE

TOGETHER

到一起就叫"违和感"。两人隔着八丈远都看不惯彼此，最好一人一世界，老死不相往来。是的，徐舟舟和蒋木，说得好听些叫彼此不适合，说得不好听点儿，就是冤家路窄、八字不合。

蒋木喜欢独处、听歌、看日落，留着长长的刘海儿，眼神忧郁空洞。老师总说他没精打采，像抽了大麻。而徐舟舟是煮沸了的水，炸开了的烟花，喜欢一个人就要全世界都知道。

的确，她也做到了。

徐舟舟每天都会去蒋木的班级门口等他，下课十分钟，只要能看一眼便知足了。那时候，徐舟舟就盼着蒋木上厕所，因为不上厕所，蒋木是不会出来的。后来早操、放学，徐舟舟都要跟着蒋木。

蒋木戴着耳机，一个字都不说，徐舟舟就默默地跟着他。

从三五个人的小群体，到全班，到全年级，徐舟舟喜欢蒋木这件事就好像一滴墨滴在清水里，很快就蔓延开来了。大家谈论着徐舟舟和蒋木，沸沸扬扬。当徐舟舟出现在蒋木班的门口时，大多数女生都会低头咬耳朵，大多数男生都会凑过去起哄。

徐舟舟攥紧拳头，冲进蒋木班里，站在讲台上，用发颤的声音说："蒋木，我喜欢你！"然后红着脸扭头跑掉，一边跑，一边傻笑。

冬天清晨，蒋木的课桌上会摆好热乎的豆浆，虽然每天傍晚值日生都会在垃圾桶里看到这杯完好无损的豆浆；夏天早晨的黑板上，时不时会出现"我喜欢你"几个大字，逼得蒋木总要第一个来到教室，然后生着闷气把黑板擦得一干二净。

这时候，徐舟舟就趴在窗户外面，嘿嘿地傻笑。

她笑起来时，露出很白的牙齿。

03

一

徐舟舟的性格是嚣张跋扈的，这一点和秦放一模一样。

秦放是学校里出了名的混混，家里有钱，各个行业的人都敬着。秦放从小在学校就是个典型，典型到惹了事有人背黑锅，闯了祸总也不会被开除。肆无忌惮的年龄，他什么坏事都做过，旷课，打群架；在女老师的头发上粘泡泡糖，女老师气得跳脚，剪掉了心爱的长发；把历史老师水杯里的温水换成开水，烫得老先生的嘴巴起了一星期的水疱；还有踢球踢碎了校史馆的玻璃，在同桌姑娘的后背贴满了小乌龟的贴纸，班级的流动红旗一水儿被他染成了别的颜色……

有他在的地方，就有恶作剧。

徐舟舟和秦放简直就是绝配——一个女孩，打赌输了敢进男厕所，全班男生胳膊上都有她掐过的痕迹，就连向来不与她说话的学霸，都要被她以"你不理我"为由狠狠地掐一下，疼得戴着厚厚眼镜的学霸跺脚直哭，涕泪横流；而秦放就是翻版的徐舟舟,好像全世界只有他们两个可以降服彼此。

然而,她就是喜欢那个温润平和、静得可怕的木头——蒋木。

徐舟舟说,我喜欢的这个男生像黄义达。

长长的头发,嘴唇微窄,小小的眼睛总是眯着,无精打采,瘦削得可以清晰地看见颧骨的轮廓。蒋木还有一把木吉他,是初中毕业那年他妈妈给他买的生日礼物。

蒋木反感一切动的事物,嘈杂、争执、纷纷扰扰,他都嗤之以鼻并厌恶到骨子里。所以,他不喜欢疯疯癫癫的徐舟舟,不喜欢她的行侠仗义,不喜欢她的热情似火,尽管她长得漂亮,有着迷人的大眼睛和小酒窝。

高二那年夏天,学校的杨树茂密无比,巨大的树冠遮盖了烈日,走在树下有一种被保护的踏实感。蒋木喜欢坐在树下看书,或者练吉他。

那时候的中午,所有住校生都要在寝室午休。嗜睡的懒虫会第一个洗脸上床呼呼大睡,学霸戴着重重的眼镜抓紧时间做算术题。少女从枕头底下拿出一本小说,窝在床上笑眯眯地看;男孩们光着上身,在水房里端起一盆一盆的凉水往彼此身上泼,直到宿管大妈跟跄着跑过来叫嚷催促。

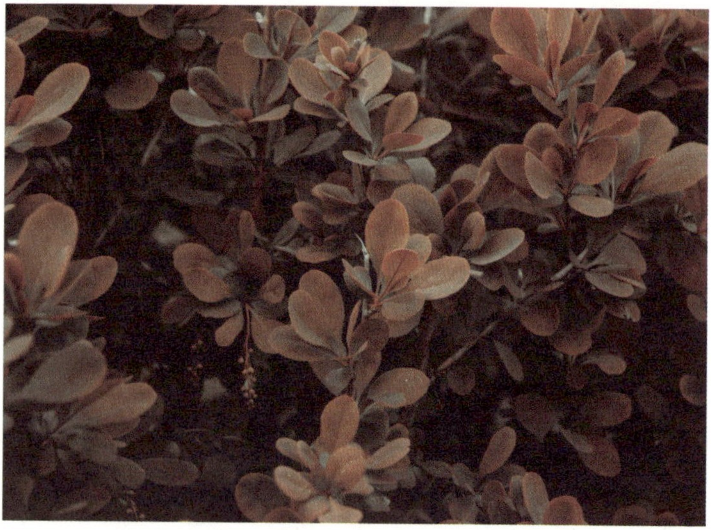

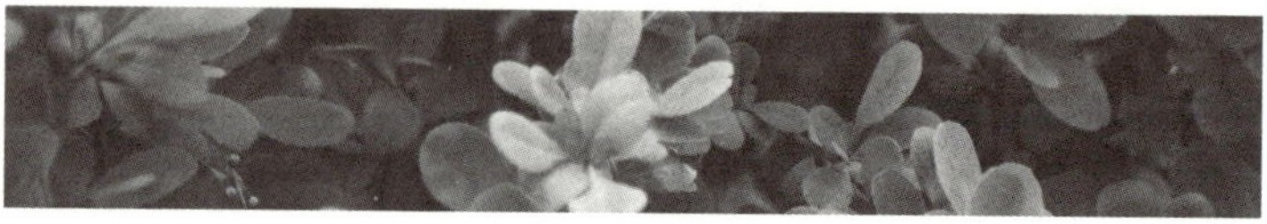

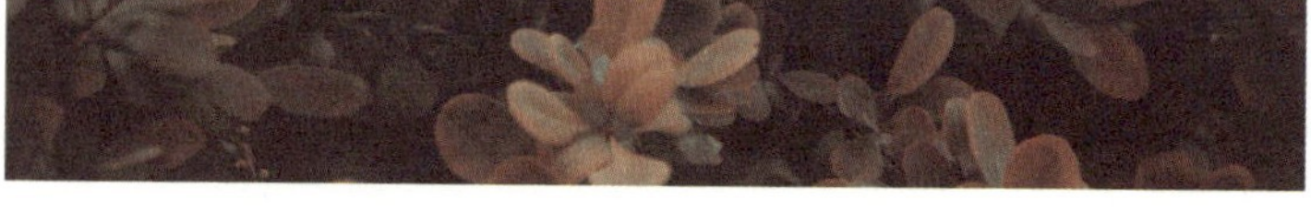

教室里的吊扇忘记关掉，晃晃悠悠地打着转，黑板上还没擦掉的粉笔字，列着一个又一个难解的方程式，喝得只剩一半的冰可乐罐上，渗出浓密的水珠。

天气炽热，窗外没有麻雀，夏日无言无味。

这时候，只有蒋木抱着把木吉他，偷偷地跑到操场阴凉的角落。那里有废弃的铁制器械，贴在身上有片刻的凉意，还有一棵枝繁叶茂的杨树可以乘凉。

后来徐舟舟发现了他的秘密，便每天中午偷偷地跑到操场陪蒋木。一次两次，她就在一旁默默看着他，给了这个年纪的女生可以给的最多的凝视。

再后来，宿管主任发现了徐舟舟不归寝，因着徐舟舟，也发现了蒋木。学校给了他们警告处分，外加校园卫生大扫除一个月。蒋木对徐舟舟的反感已经到了极限，他愤怒得快要爆发了。

04

—

"徐舟舟，我很少跟你讲话，我这次跟你讲话，你，开心吗？"

蒋木声音平平，没有丝毫情绪起伏。倒是对面站着的徐舟舟，眼睛里都是兴奋和期待，她的手紧张得发抖，一直在拽着校服的衣角。

徐舟舟属于那种一眼就可以认出来的好看姑娘，虽然跛扈，但是性格开朗，这让她有了更多机会跟男孩在一起玩，所以学校里数得上来的那几个出了名的男孩都喜欢或喜欢过徐舟舟。干净，漂亮，家里条件不错，爱玩爱笑，成绩还不好，以上每条都符合那些男孩的审美标准。

所以怎么算，徐舟舟也是个小红人，只不过红的领域是那种有点儿难以启齿的。大多数老实平凡的孩子，都一门心思地扑在二次函数和完形填空上；少有的那一些，在普通学生眼里是校园风云人物的，才会和徐舟舟挂上钩。

"开……开心。"徐舟舟瞪着大大的眼睛。

"你能不能有点儿尊严，离开我的世界？我这儿不欢迎你。"

"哦，不，是没欢迎过你。"

蒋木眯着眼睛，斜着身子，手里拿着做卫生扫除的扫帚。

徐舟舟笑得尴尬，伸出手去扯蒋木的校服袖口。

"滚！你不要脸，我还要脸呢！"

烈日当空，火热的光线打在脸上，让人有燃烧的错觉。

徐舟舟笑着，努力撑住嘴角的小酒窝，点着头，然后扭头走开了。

扭头转身的那一瞬，她泪如雨下。

"你妈不教你吗？！你缺妈教吗？！"蒋木在身后大声喊着，发泄着心头的怒火。

如果你闭上眼，就可以听到徐舟舟剧烈的心跳声和泪水打在衣襟上的声音。

那声音清脆、利落。

徐舟舟没有妈妈。

徐舟舟十五岁的时候，她妈妈因为癌症离开了这个世界，在此之前，徐舟舟是一个文文静静的女孩。街坊邻居都说，徐舟舟是个没良心的姑娘，之前家教严，徐妈妈管得紧，徐舟舟大门不出二门不迈，住在楼下的邻居总能听到她家传来练钢琴的声音，这下她妈没了，反倒是解放了，整天笑容灿烂，无所顾忌。

"就是个没心没肺的姑娘，死了妈也活该！"邻居们这样说。

05
—

那次争吵之后，徐舟舟很少再缠着蒋木了。她再也不会不经过他的同意就跟着他，再也不会跳窗户进去就为了放一杯热乎乎的豆浆,再也不会在黑板上写"我喜欢你"之类表白的话。

但是,这丝毫不影响一个女孩真真正正喜欢一个男孩的决心。

徐舟舟知道蒋木喜欢唱歌,所以让秦放陪着她每天听歌练歌,黄义达的专辑海报贴得满墙都是,每首歌都听到烂熟。为了配合死党徐舟舟,秦放也买了把吉他,从一开始的乱弹琵琶,到后来慢慢练得有模有样,时不时还会耍帅,要徐舟舟扮作好欣赏、好喜欢的样子。

那段日子,徐舟舟让秦放陪着,做什么事情都要他跟着。

徐舟舟说,蒋木喜欢读书好的女孩,所以她把秦放的球衣球鞋都抢走藏起来了,从书店买了大摞的辅导书,让秦放跟着一起学。如果秦放给徐舟舟讲不清楚一道题,她就会在他胳膊上掐一个印子出来,青一块紫一块,秦放流着眼泪,直喊"你大爷"。

秦放骂过那么多句脏话,但是从来不会带上"妈"字。

那段日子,秦放的违纪记录明显变少,迟到成了他犯过的最大错误。班主任因此给了他一个进步奖,还在班级板报上开设了一个先进个人的版面加以表彰。

徐舟舟最骄傲的时刻,就是自己捧着大本小本的书,路过蒋木身边。那时候她总觉得,他眼里有光。

然而剧情并不狗血的是,徐舟舟的成绩并没有一点儿一点儿上升,可能是因为她笨,总之成绩就是没起色,稍微发挥得不好,还会倒退几名。倒是秦放的成绩，在一点儿一点儿往上爬。

  这更让徐舟舟着急了，气得她每天逼着秦放陪她做功课、补习数学。

  三个月后校庆，学校筛选表演节目。徐舟舟替蒋木报了名，她觉得蒋木的声音可以让全学校的女生耳朵"怀孕"。她帮蒋木填了报名表，送到文体部，还写了张字条，让秦放替她交给蒋木。

  字条上写着："黄义达，唱首歌给我听吧。"

  紧张的高考备考和轻松愉快的校庆准备同时进行着，她总偷偷地跑到蒋木班级门口看他，瞄一眼，足够少女心膨胀一天的。偶尔听到身边的女孩谈论学校操场北面的观众台上总有个帅男孩

唱歌，唱着黄义达的歌，徐舟舟就兴奋得不得了。

要知道，恋爱中的，或者自以为恋爱中的少女，你给她一个小小的暗示或信号，就会像彗星撞地球一样，在她心上砸一个坑。

后来，在忙碌中校庆表演如期而至。那晚她听到了全世界最好听的歌声，吉他改编的歌曲，来自"黄义达"。

不过那晚，她的耳朵并没有"怀孕"。

06

一

高考前的两个月，徐舟舟住院了。她说是下楼梯时不小心摔着了，没大事儿，死活不要秦放陪着，怕她爸爸看见她这么受男孩欢迎，会坐立不安。

鬼都知道，整个校园里，徐舟舟只有秦放这么一个真正的好朋友。

那段日子，学校里鲜有关于蒋木和徐舟舟的新闻，大家都忙着准备高考冲刺，无心顾及这些八卦。好像全世界高考前的生活都是一样的，寂静如死灰。

徐舟舟是两周后回到学校的，尽管拼了命地复习，还是差得很多。白天跟着老师复习第二本书，晚上回家熬夜看已经复习过的第一本书，做作业都做到十二点，光落下的笔记都抄不完，更别说做些拓展类的课外题目了。

高考时，徐舟舟只考了第一天，事实上，秦放也是。

后来全校同学都得知，实验中学那一届的毕业生里，有两人作弊被抓，其余人的成绩全在本科线以上。

那两个人就是徐舟舟和秦放。

07

一

高考后的日子开始热起来，闷热潮湿的空气多半是让人心烦的。红红的"大字报"贴在学校的英雄榜上，考上重点大学的同学的名字被印在大横幅上，全校悬挂。新一届高三学生搬着大摞的书，一点儿一点儿地往高三的楼里运。他们默默低着头，像极了挑山工。

后来，徐舟舟在她爸的帮助下，找了一所专科学校。因怕人认识，改了名字，叫徐帆顺。秦放回家跟家里人做起了生意，据说也是一整年在家里人面前抬不起头。

读大学的蒋木，依旧没有改变自己古怪的性格。少交朋友，读书听歌。据说他在大三那年交了个女朋友，不过没多久，对方就因为受不了他的性格提出分手,他至今单身。

秦放家里的生意做得还算不错,同学都还穿着衬衫、牛仔裤的时候,他的装束多半是皮带西服。他肚子滚圆,早没了当年潇洒帅气的样子。徐帆顺割了个双眼皮,跟寝室里的姐妹们学起了化妆,朋友圈里几乎都是用自拍神器拍出来的自拍照,她丝毫不想让人知道她的大学生活是怎样的。

08

一

毕业第三年,微信群流行了起来,老同学多数都通过微信群恢复了联络,实验中学的他们也不例外,计划着久别重逢的聚会。

和大多数人想得不一样的是,徐帆顺来参加这场聚会了,没有了当年考试作弊被传得沸沸扬扬时的自卑。这样一来,大家都抱着感伤的心态热情相拥,当年的死对头互相夸对方变美了,不相往来的女同学成了闺密。

蒋木坐在角落里,喝着女生才会喝的苹果汁。

那晚玩得很开心,很多陈旧的话题被重新拎起来,地理老师秃顶更厉害了,讲到"地中海"时笑声一片;体育老师暗恋王小彤,直到去年还保持着过节送花的"好"习惯;当年做值日爱偷懒耍赖的同学,如今有严重的洁癖;还有那个傻里傻气的朱大狗，竟然当了学生会主席。

那天晚上吃过饭，不尽兴，又跑去唱歌，巨大的音响声中，只有蒋木戴着耳机坐在角落里。

所有人都迷醉在动人的歌声和晃动的灯光之下，伴着酒精，坐着开往逝去的青春的列车，去往记忆最深的地方。

喧闹的歌声中，徐帆顺凑到蒋木身边，尽管声音吵闹，大家再也不关心他们的八卦了，但是徐帆顺依旧可以听到自己的心跳。

"蒋木，给我唱首黄义达的歌吧。"

蒋木摇了摇头。

"你知道我喜欢你吗？我还在喜欢你。"徐帆顺大声喊着，嘴角咧开，露出五年前那样灿烂的笑容。

那时候，学校里那棵繁茂的杨树有碧绿的树冠，夏日里蝉声鼎沸。薄薄的校服总是不透气，挽起的裤脚总是搭配一双黑色帆布鞋。

"谢谢你，但是，我想求求你……"蒋木摘了耳机，用尽他并不大的力气，向眼前这个他并不爱，准确地说是一直都没有好感的女孩说出了自己始终如一的答案。

徐帆顺跟着音乐摇起了头，端起酒杯，混进人群当中边跳边叫。

玻璃酒杯彼此撞击，发出清脆、利落的声音。

秦放赶来的时候，徐帆顺已经醉得不省人事。

秦放把她送回家，扶上床，轻轻解开衣服，慢慢抱住她。他想，这次我要勇敢一些。

"谢谢你，蒋木，我喜欢你这件事儿，跟你无关。"徐帆顺闭着眼睛傻笑着。

秦放放下了解着衣服的手，给她轻轻盖上被子："穿着衣服睡吧，省得着凉。"

09

一

时光倒流，退回到五年前。

秦放学着一首又一首黄义达的歌，苦苦练着吉他，手上磨得都是茧。有个矿泉水瓶都可以当球踢的他，居然爱上了学习。倒不是他真的爱学习，只是他知道，自己喜欢的女孩只喜欢会读书的男生，所以甘愿变成她喜欢的样子，甘心做一切力所能及的事。

那张刚转交给蒋木就被当场撕碎的字条，秦放偷偷地看了，他看见了一个十七岁女孩的心愿。于是，在校庆的联欢会上，他报了名，唱了歌。那个在观众台上苦苦练习的人是他，那个唱着没有让徐舟舟耳朵"怀孕"的歌的人，也是他。

校庆后一个月，一群社会混混找蒋木的麻烦。蒋木掏光了身上的钱，连平日里随身戴着的那副耳机也被那群人抢走了。因为有尾随蒋木回家的习惯，徐舟舟看到了这一切。等蒋木走后，徐舟舟追了上去，拎起一根木棒就朝最胖的混混打过去。她满脑子都是爸爸说过的女孩打架要有不要命的架势，为了自己喜欢的人更要不顾一切。

不过她没想到的是，那天她被打得很惨。

她还说，自己是蒋木的女朋友，会替他交钱。

蒋木也是一个没有妈妈的孩子。

他初中毕业那一年，父母离异。生活中强势的蒋妈妈总是动不动就吵就闹，拿起家里的花瓶砸电视，气急了还会拿蒋木出气。她总说一些污蔑羞辱蒋木爸爸的话，最后实在过不下去，两个人就离婚了，蒋妈妈只留给蒋木一把木吉他。

蒋木跟了爸爸，他自己选的。

其实这些徐舟舟都是知道的，她了解没有妈妈的感觉，想要多给蒋木一些爱，所以才会把爸爸买给自己的豆浆放在蒋木的桌上。她知道没有妈妈的蒋木缺乏安全感，于是用音乐和书本与这个孤独的世界对抗，所以她愿意当蒋木的听众，去听他的世界和内心的呼喊声。所以，当她看到混混们抢走蒋木唯一心爱的耳机时，才会如此奋不顾身地想要保护他的另一个世界。

她根本不是一个没心没肺死了妈还开怀大笑的坏姑娘。她是一个知道爱、懂得爱的好女孩。她每天笑对着这个并不公平的世界，笑对着这条并不平坦的未来路。她用自己的坚强和勇敢，做更亮的光，去找寻着和她一样被深深伤害的同类。

所以，她根本不恨蒋木说那些话，她甚至还同情他，更想爱他、保护他。这就是一个爱了，真爱了的十七岁少女能有的全部力量。

时光继续推进一个月，徐舟舟的伤恢复了。高考那天，她想考个高分，离蒋木的大学更近一些，所以跟秦放一起作弊。秦放写答案，给徐舟舟抄。徐舟舟是作弊者，秦放是帮助他人作弊，他们一起被取消了高考资格。

徐舟舟并不恨蒋木，就像秦放并不恨徐舟舟一样。

秦放一直喜欢这个太阳一样的女孩，她身上有着一切美好的光亮，虽然只有他能看到。他甘愿为了她，放弃自己以前的模样，变得自己都觉得陌生，自己都不认识自己。他学习，他练习吉他，他无怨无悔。

高考结束的那段日子，他一个人在家憋了很久，把全家人的埋怨和责备统统背在身上。连同改了名字的徐帆顺，一起消失在那个盛放的夏天。

10

─

　　夏天的傍晚是漫长的、寂静的，好像总也结束不了，我们想要看星星，总要等到晚自习下课之后才可以。

　　过了春分日，白昼开始比黑夜长，夜色带着阴暗慢慢撤离。因为天总是亮的，所以谎言也会被揭穿，真相浮出水面，命中注定相爱的人会遇见彼此。直到秋分那一天，全球昼夜平分，各十二小时，没遇到的人会重新回到萍水相逢的那一刻。

　　这是蒋木说的。

　　我愿意承认这个结局，因为蒋木从初中起就对嘈杂纷扰的事物有所抵触，所以他压根儿就不会爱上想要活得自信、勇敢、阳光的徐舟舟。他甘愿做一个角落里的无名人，而她想成为闻名全世界的女飞侠。他们就如同平行线，在秋分日的预兆下，这辈子都不会撞到一起。

愿所有不爱的，都无法相爱，所有相爱的，都另有结果。

祝愿秦放会放下，祝愿徐帆顺一帆风顺，祝愿蒋木永远是木头。

11

一

在不可名状的青春岁月里，总有一些人，是你想要爱却爱不了的。你要学会别太执着，适时放下，而这恐怕是最残忍的真相了。

是的，不要折磨自己，在他到来之前，你要先学会好好爱自己。

或许你还可以相信，或者坚信，这个世界上，总有人会爱你，比你想象中更深且不遗余力地爱着你。他可能就在你未来几年的时光里，或是早已藏在某一片温暖的阳光里，笑着，等着你。

木棉会开花，星星会说话，汹涌的海水会爬上干涸的荒漠，黎明与曙光终会穿越漫长的黑夜。可是不喜欢你的人，终究不会喜欢你。

你要承认。

爱不了的人,你放过他,也是放自己一马。

12
—

2005年的夏天,校园里的男生女生都喜欢黄义达,他的歌声里总是带着一半的忧郁。

那女孩对我说
说我保护她的梦
说这个世界
对她这样的不多

校庆晚会上,秦放淌着温热的泪水,就这样,轻轻唱着。

> BGM：林俊杰——《我还想她》
> ●别告诉她我还想她　恨总比爱容易放下
> 当泪水堵住了胸口　就让沉默代替所有回答

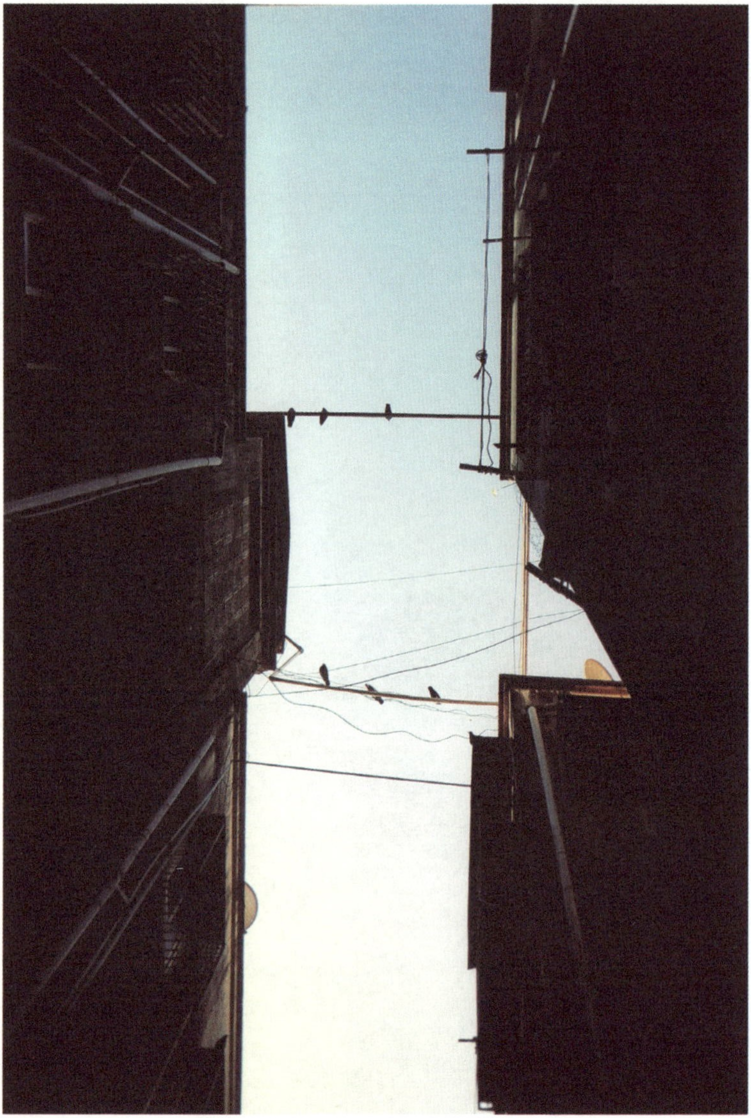

谢谢你，离开我

要过去的，总会过去。
很多事情都是这样，
比如高考，
比如失恋，
比如告白。
路过之前默默，
拥有时候珍惜，
走掉以后别回头。

苑子文

01

> 一直不敢去面对的寂寞
> 习惯就好也没那么难受
> 也许应该谢谢你离开我
> 让我找到真正的自由
> ——梁心颐《我不再怕》

这一次她出现在我面前时,我甚至不敢肯定这就是我认识的那个她。果然是美术学院熏陶出来的姑娘,充满了文艺气息——黑色宽松的风衣,随意又精致的鬈发,黑框眼镜严谨又不失时尚。

眼前这个有着强烈文艺气质的女生,已经和我们高中时期总拿来打趣的"琪哥"相去甚远了。

之所以叫她哥,是因为我们还在念高中的时候,她是一个完全没有女生气质的女同学。那时学校要求周一到周五全天都穿校服,所以每个周末,就变成了同学们穿上自己好看衣服的时间。但琪哥的衣服永远只有两套——春季校服和秋季校服。因为洗长发浪费时间,琪哥就把头发剪短。喜欢看青春读物,关注时尚杂志,痴迷某个明星,这些大多数女生在青春期都会做的事情,琪哥通通没有,就连对男生产生好感,她都从来不会。

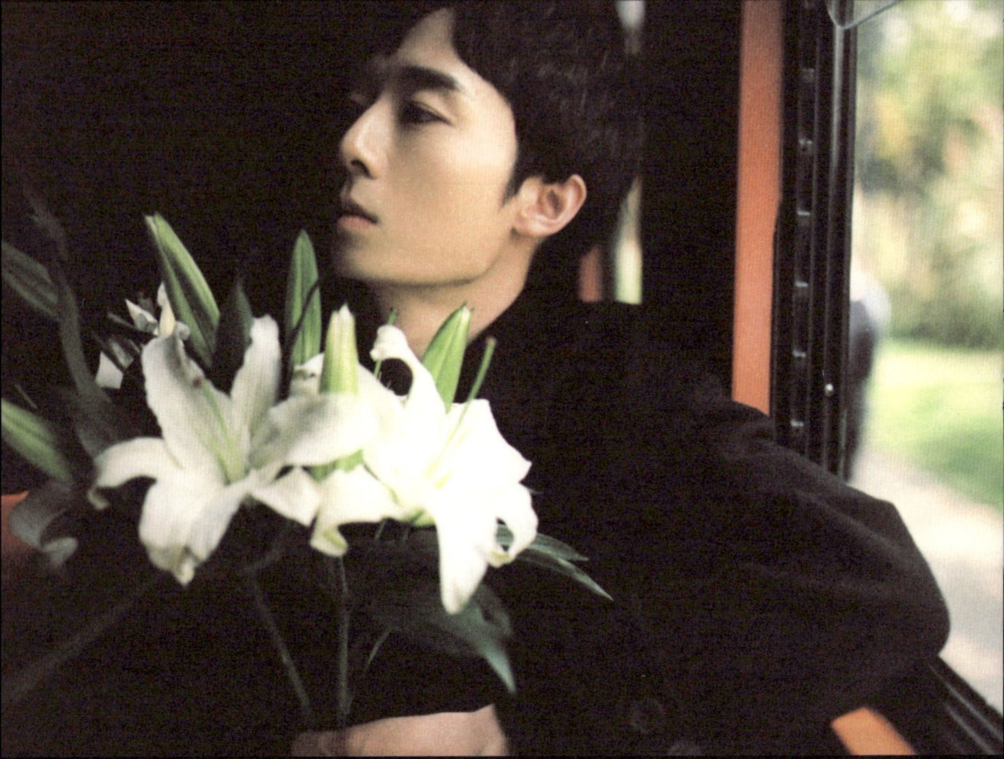

BE

TOGETHER

在她的生活里，只有学习。

不管班里发生什么事情，你都看不见琪哥稍微抬一下头，她对学习以外的事情毫无好奇心。最夸张的是，高三有一次课间，不爱说话的琪哥突然对我们说："天哪，今天照镜子吓死我了，我竟然都这么胖了，一个月前照镜子还不是这样的。"

我们听到格外惊讶："你一个月没照过镜子了？"

琪哥使劲儿点了点头。在她的世界里，她的心思已经和美丑无关，只有努力再努力地学习。

就像电视剧里好人总会被冤枉，忠臣永远死得早一样，这么刻苦的琪哥，成绩一直不太好，准确地说，是一直在班级的最后一个梯队里。她经常笑着说，我之所以能扛住这么大的压力，是因为我真的每天都在崩溃的边缘，早就习惯了。

她无奈地笑着。

02

—

清华大学是琪哥从小的梦想，高二的时候她常在宿舍里哭，而每次哭都是因为觉得自己考不上清华了。她当时的室友裴觉得她特别搞笑，一个学习成绩和一本院校的分数线都差着距离的人，还想考清华？还因为担心考不上而痛哭流涕？

我一直不理解，一个人如何能做到这般清心寡欲——把所有不相关的事情都屏蔽掉，不去琢磨人情世故，也不去打理人际关系。在大家都很敏感的高三，有时候说话有好几层意思，但琪哥只能听出来一个意思，所以大家慢慢地也不会去和她说一些八卦和知心话了。

高考前的那个寒假，琪哥是在地下室过的，因为单纯的她听一位考上清华的学姐说，她当年寒假常常去地下室学习，那里比较安静，而冷气也会让人很清醒。

我还记得她给我们讲述这个故事时，是在大学同学聚会的时候。我们带着已有的答案，笑着问她，在地下室学习的效果真的好吗？她特别认真地摇了摇头，"不好，又湿又冷，在地下室学习，没有一次能把作业写完，老师布置的都做不完，更别提额外拓展的了！"

说完，逗得大家哈哈大笑。

就是一个这么傻白甜的女生，在高考前最后一次模拟考还是全班第40名的情况下，发挥了三年里的最好水平，考上了清华大学。以前我一直不相信厚积薄发，但琪哥让我相信，你付出的努力，不一定都有回报，但可以让你更靠近幸运一点。

03

—

上了大学之后，大家都忙于新生活，再见面时是庆祝琪哥"脱

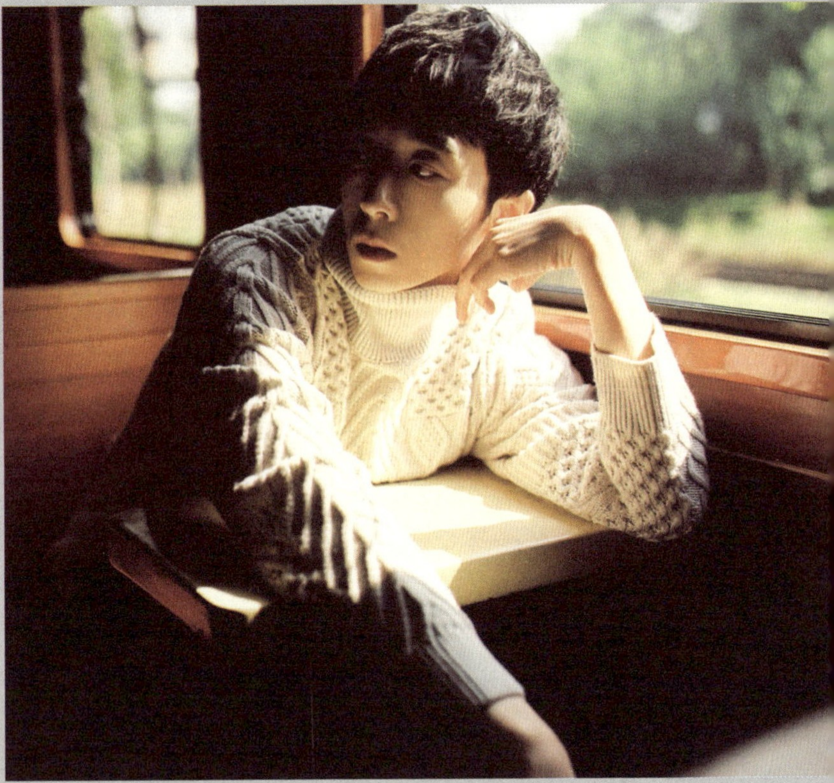

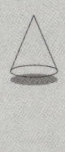

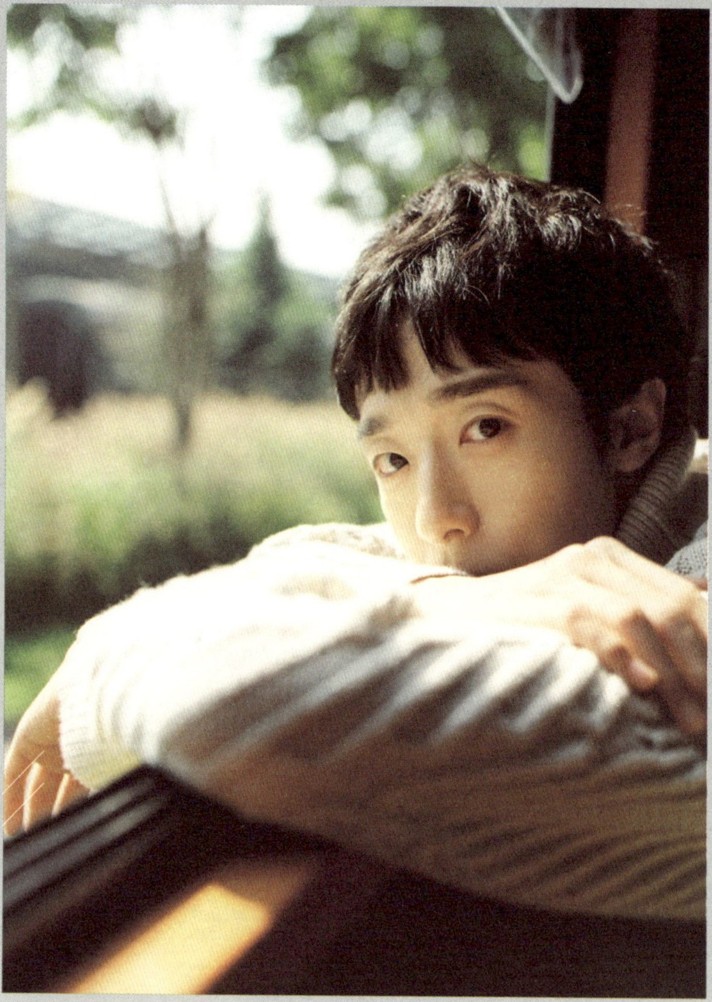

单"。说起恋爱，我一直以为她这个性格是很难和别人谈恋爱的，但是显然，眼前这个留起了长发、穿着很知性的大衣的女生，非常享受这段恋爱。说起他们的恋爱时，印象中那个话很少的琪哥就立刻变得兴奋柔软起来。

琪哥和清华男是在一个实践团认识的，两个人都是理智、慢热的人，所以并没有因为起初的好感继续发展，他们一直在犹豫，不知对方是否也喜欢自己，倒是两个人身旁的朋友看出来了彼此的心意。

清华男的表白是在酒吧进行的。那是琪哥第一次去酒吧，本就紧张的两个人显得格外不适应，就是这样尴尬的表白，让琪哥开心得整整一个晚上没睡着。后来琪哥说，清华男提出要去外面走走，然后带她去了中央电视塔。

就在我们说"好浪漫"的时候，琪哥撇了撇嘴，说："浪漫什么啊，铁塔那儿特别冷，一点儿都不浪漫。"

尽管嘴上这样说，但我们还是能感受到她内心抑制不住的欣喜。

04

一

琪哥和清华男在一起后，清华男每周会送琪哥一朵玫瑰花。他说自己是周六表白的，所以一直坚持在每周六送一朵花给琪

哥。清华男家境不是很好，准确地说是很不好，所以琪哥让他别乱花钱，但是他不听，坚持要送。

圣诞节的时候，清华男拿着巧克力，给琪哥宿舍的同学发。平日一向节俭的清华男，给每个人发了费列罗巧克力，我们一群死党羡慕他们的感情很甜蜜、很认真。

学校举办"一二·九"晚会，琪哥所在的学院每天都是在晚饭时间彩排。两个人平常下午一起上自习，然后简单吃过晚饭后，清华男骑自行车把她送到学院排练。琪哥每次都说，晚上不用去接她了，自己可以和同学一起回宿舍，但是每次排练结束的时候，清华男的自行车已经在门口等候了。

琪哥从一个呆板的学霸变成初恋的小女生，那些关于心动、关于惊喜、关于在乎的小心思，全都在那个美好的冬天出现了。

清华男表白后不久，两个人买了一个很厚、很大的日记本，一人一周地记录他们在一起的每一天。清华男不是第一次恋爱了，所以那些山盟海誓的话写得很熟练，但琪哥不是，在我们一群人都告诉她那些话谁都会写的时候，她看完还是感动得鼻涕眼泪一大把，并且说要很认真地把这场恋爱谈下去。

05

琪哥从小就很固执，不管是大学参加社团、申请出国，还是谈恋爱，都有高中时那个固执的影子。

清华男是南方人，家庭观念重，刚谈起恋爱就说要琪哥毕业后跟着他一起回南方，所以琪哥的家里人从一开始就反对这份感情。但我们都知道，琪哥这场初恋是谈定了，因为她认定的事情比谁都能坚持。在无数个温暖舒适、节奏缓慢的下午，琪哥和清华男在学校有名的情人坡上遐想，要如何实实在在地走好每一步。

琪哥从小就有去美国读书的梦想，应该说从初中开始，她就很坚定地要去大洋彼岸深造。不过再理智的人在爱情面前也是冲动的，热恋期的琪哥为了男朋友，一度想要放弃出国，一心准备保送本校硕士。

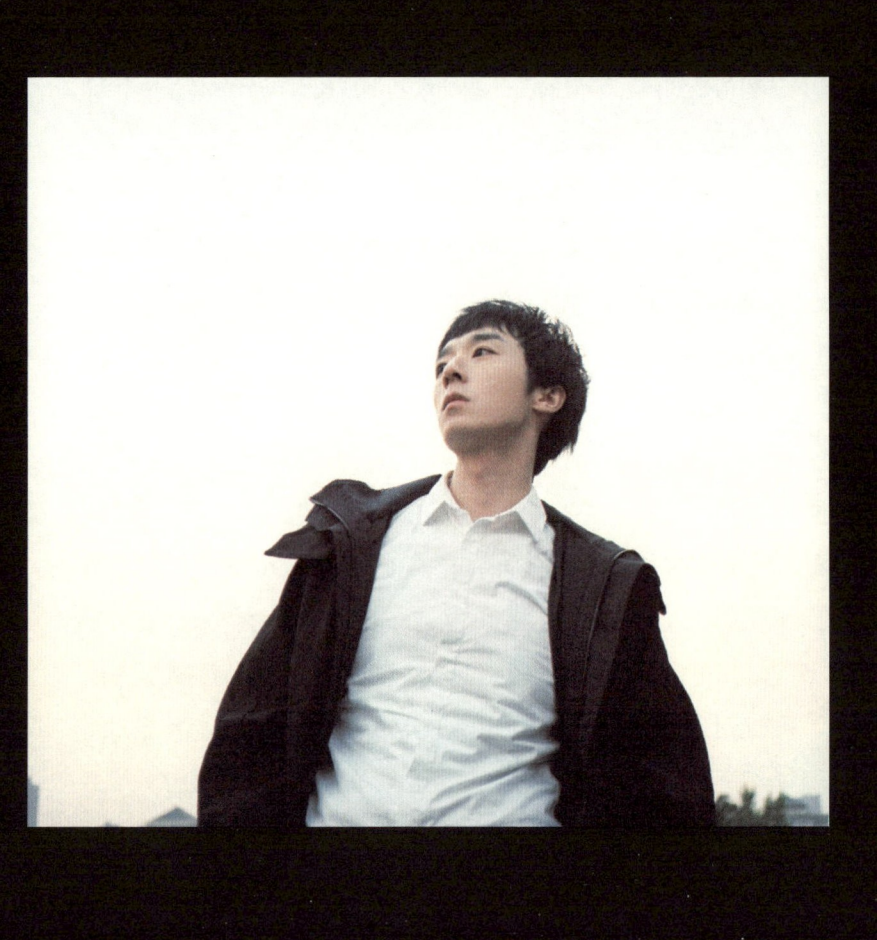

我总是说,理智的人和理智的人谈恋爱会很累,但琪哥和清华男仿佛约定好了似的,一切都水到渠成般顺畅,没有争吵,没有分歧,彼此认同,彼此相信。

是啊,很多女生都像琪哥这样,有自己的追求和梦想,直到遇见爱情,就把爱情当作一辈子最重要的一件事。就像养一株玫瑰花一样,在它身上投入越多的心思,希望它开得越漂亮。

06

但是爱情从不是单纯的我喜欢你、你喜欢我而已,而是两个人的品位喜好、价值习惯以及目标追求等,要么默契,要么妥协。所以,那些"看起来你很喜欢我"的感觉只是短暂的,真正能让两个人长久在一起的,是他们身上的每一种味道都能成为彼此嗅觉系统中必不可少的部分,不论糟糕透了还是好闻极了。

琪哥和清华男在一起一周年时,分手了。

纪念日一如往常地度过,他们去了一条很文艺的小街巷拍了一组照片留念,然后一起吃了一顿浪漫丰盛的晚饭,之后一起看了一场舞台剧,最后回到各自的宿舍。话题是琪哥先挑起来的。女生总是喜欢将自己与男朋友的前任做比较,尤其在纪念日这样的日子里,很容易问诸如"你为什么喜欢我啊""我和她相比呢"之类娇嗔的问题。

清华男是典型的情商低,心里怎么想,就怎么说出口了:"其实说实话,我和你在一起的时候很踏实、很满足,但总是觉得差点儿什么,不像我的初恋。"

"什么意思?"琪哥反复解读了好几遍清华男的这句话,心怦怦地跳起来,打了又删、删了又打,颤抖着发出这四个字。

"就是我和你在一起,没有心跳的感觉。"

琪哥看着屏幕愣住了,她往上翻看聊天记录,仔细查看自己有没有说错话——没有。她又看了一遍聊天记录,是怎么聊到这个话题的——随意聊到的。琪哥愣住了,一切都不像是清华男的安排,而是很平常的聊天内容,也就是说,这就是清华男内心真实的想法。

琪哥忍耐了许久的眼泪终于涌出眼眶,哇的一声就哭了出来,像是整个世界都崩塌了。那些她坚信的未来,那些开心幸福的时刻,那些山盟海誓,随着一阵尖厉的耳鸣,瞬间消失不见了。琪哥像是丢了什么东西一样,一股巨大的失落感从内心深处涌出来,慌张无措,又没有答案。

终于到了这一步,她说出了这句话:"既然你没有恋爱的感觉,那我们就分开啊。"

"我知道你可能会很生气,但这就是我真实的想法。或许可以先搁置一段时间,再来重新看是否有当初的感觉。"

……

我与琪哥相识十五年,她一直是一个坚定的女孩,一旦说了分手,那就是再也没有机会了。

当时清华男也不是没有试图挽回,但都被她拒绝了。琪哥问他的最后一个问题是:"为什么不喜欢我,还要在一起?"

清华男绕了半天圈子,也没有回答上来,这让琪哥真真切切地感受到这段感情出了问题,并且决定再也不回头。

07

—

他们在一起的一年时间里,在学校的时候,每天都会一起吃饭,每天。这好像已经成为一种习惯,所以分手后琪哥自己吃饭的时候,总感觉哪里出了问题。她在食堂强忍着孤单和委屈快速吃完,一路小跑回宿舍,打开门的一瞬间就大哭起来。

琪哥分手的那个学期,刚好宿舍其他人全都出国做交换生了,而她却为了爱情,放弃了出国的机会。每每想到这里,就会压抑得喘不上气来,为自己的这个决定感到失望和难过。

在琪哥的所有家人中,最疼爱她的要数奶奶了,而最反对这份感情的,也是奶奶。我曾经见过她奶奶一次,老人家身体健康得很,但在琪哥分手后没几天,奶奶就去世了。

奶奶是脑出血,住院后昏迷不醒,经过抢救终于恢复了意识,这时医生征求家属意见,是选择保守治疗还是开颅,最后家属决定,还是做开颅手术。

手术很成功,大家总算松了一口气,也感慨奶奶这么多年没白锻炼身体,但是好景不长,才没过一两天,奶奶突然就不行了,当家里人赶到的时候,奶奶已经走了。

奶奶去世的时候,琪哥发了一个朋友圈。我们几个死党拉了一个微信群,大家像炸开了锅一样,七嘴八舌地讨论怎么安慰琪哥,隔着屏幕都能猜到她一定哭惨了。

之后几个月里,琪哥经常梦见奶奶和她说,最近两个人吵架没有啊?他有没有欺负你啊?欺负你咱们就回家来,奶奶看这小子靠不住。每当梦到这里,琪哥就会惊醒,然后一个人流眼泪。

奶奶去世的时候,琪哥去上香,双手合十,百感交集。

"我觉得奶奶一定看到了。"

08

一

奶奶的离世加上与恋人分手,使琪哥在很长一段时间里都独自一个人,或者泡在图书馆,或者待在宿舍,或者漫无目的地散步。

琪哥是一名美术生,有一次她去听一堂美学讲座。教授说,若想改变一个人的喜好,首先要改变他的知识体系。琪哥被这句话点醒了,于是她决定重新拾起去美国的梦想。

琪哥参加了耶鲁大学的暑期班。毕竟刚刚分手一年,还是没有忘掉那段痛苦却也抹不掉的记忆。她心里想着,总是难过也不是办法,不如出去走一走。

在耶鲁大学学习的那段日子,琪哥把自己扔在了书堆里,每天凌晨两三点才睡,早上七点就起床学习。写作业、上课、参加校园活动、参观博物馆……琪哥把在美国的生活安排得满满当当，基本能不休息就不休息。因为只要一闲下来，她的脑子就不听话地胡思乱想，过去两年的一切都历历在目。

因为长期熬夜，琪哥的状态很差，有时候早上起来眼睛疼得睁不开，她就半闭着眼，走到宿舍的洗手间拿热水一点点热敷，然后慢慢睁开看清视线。

耶鲁大学太大了，每个置身其中的人都会发觉自己的渺小和无知，所以才会想尽办法多汲取一些知识。琪哥每天下课都会去耶鲁大学的图书馆看书，她下载了很多国内看不到的文献和资料。她奔走在夏日炎热的校园里，脚下生风，好像每一秒都能感受到自己给自己的鼓励，她告诉自己，不能停。

有时端着刚从教学楼接好的热水，赶去上下一堂课，路上拧开水杯就喝，一下烫到舌头，自己也会笑起来，这才反应过来，这样忙碌的自己，好像已经忘记过去了。

09

一

大三是一个分水岭，身边的人都在为自己的未来做打算。对于琪哥来说，留校是最稳妥的打算，然而现在准备出国算是比较仓促的了，要想在一年的时间里拿下最向往的大学的Offer，绝非易事。没办法，每个人都要学会为自己负责。

于是她就开始把全部的心思放在学习上，几乎不出校门学英语，考GRE和托福。她又想多一些访学经历，就联系国外的教授套磁。她按照感兴趣的方向，一个一个找到想去的大学里的教授的联系方式，统统试了一遍。

琪哥给每位教授都发了内容不一样的邮件，长长短短一共发了几十封，却没有收到一个回复。后来在一个讲座上，琪哥去和一位客座教授套磁，问教授能不能接受她做他的助研，或者帮她完成她的课题作业。琪哥是有备而来的，简短几分钟的介绍就把教授打动了，于是教授决定帮她，同意寒假时收她做助手。

刚放寒假，琪哥只身去了加州。她在网上给自己找房子，正好有一家中国人缺少一位做饭的短工，有报酬，还额外提供住处，于是琪哥就联系好，一边打工，一边学习。

在加州的日子，冬天很冷，琪哥每天都要很早起来做饭。她去的学校在一个鸟不拉屎的地方，她查了公交线路，打算自己去试试。但是第一次不太会坐公交，也不认识路，下车之后以为能走到，结果发现学校离自己还有特别远的一段距离。

走在美国的公路上，身边一个人都没有，偶尔经过一辆驶得飞快的车，在这样宽阔的公路上，她第一次知道了什么叫迷失和无助。还有一次，琪哥照常坐公交去学校，途中经过加油站，趁加油时间，她去了趟洗手间。当时下着很大的雪，所以走得很

她奔走在夏日炎热的校园里,脚下生风,
好像每一秒都能感受到自己给自己的鼓励,
她告诉自己,不能停。

慢，车启动开出了一段距离后，同车的中国人才和司机说，车上少了一个人，后来幸好她赶上了。她后来回想，如果那天她真的被扔在了加油站，不敢想象要怎么回去，会有多么危险的事情发生。

也是那一天，她觉得自己真的太渺小也太辛苦了。

10

琪哥跟着的老师经常很忙，老师没时间的时候，她就去图书馆看书。午饭是早上从家里带过来的，到中午已经凉了，就拿微波炉热一下吃。每天从图书馆出来的时候，她都会吃一个冰激凌，她说因为糖分能带来最简单的"幸福因子"，那是疲惫了一天后最幸福的时刻，她希望能记住在这里的每一分每一秒。

在美国的那段时间，她一个人去了很多地方，包括不同城市的博物馆和美术馆。在博物馆和美术馆里，很多在网上和书上才能看见的作品，她都亲眼看到了。身处异国他乡孤零零的她，每看到一个稍微熟悉的东西都会很兴奋。

我还记得电影《匆匆那年》上映时，我们一群好友相约去看电影回忆青春。从放映厅出来的时候，我们都是笑着的，只有琪哥躬着身，拿纸巾捂着嘴。那是我看见琪哥唯一一次流泪，还哭得那么撕心裂肺。

琪哥的长发挡住了因为情绪激动而哭红的脸，我能感受到这种发自肺腑的难过，却听不见一声号啕，她只是静静地啜泣。后来我问过她一次，哭是因为还想着那个人吗？

琪哥浅浅笑了，说："每个人都有自己的青春，每个人提起青春时，都会想到一个人，初恋。不管你的初恋是否喜欢你，现在你们是不是在一起，你都会想到Ta。"

她说起这句话时，波澜不惊。

"所以当我想起的时候，眼前浮现的都是他的身影，而他在回忆的，应该不是我吧。"她停顿了一下，"那么，我又在谁的心里呢？"

琪哥说起这段话的时候，我大体是能感同身受的，她是因为觉得没有活在任何人的青春里而感到遗憾和疼痛，她的青春全用来学习了，所以那天电影结束后，她很认真地哭了，痛到了心里。

11

—

再见面谈起这段感情时，已经是琪哥准备去美国读研的前夕了。让我高兴的是，她好像变了一个状态，终于放下了。

"他不喜欢发微信朋友圈，所以分手之后，我每天刷他的QQ空间，几乎天天刷，可傻了。"说着，她嘴角露出自嘲的笑，

"现在已经半年多没刷了,你不说我都忘了看他最近都发什么内容了,可能这就是真的放下了吧。也没什么放不下的,他的感情勉强不来,我的感情将就不了,一切随风吧。"

作为朋友,我很欣赏琪哥这种宽容的心态,既是原谅别人,也是与自己和解。的确,曾经喜欢的人现在过得好,你应该开心,因为对于你,那个人已经翻篇了。你应该高兴,自己终于结束了一种不好的状态,可以开始新生活了。不管那个人值不值得祝福,也不管谁更宽容大方,你都应该祝福对方。不是为了别的,而是为了你心中的那份自信,深信自己会拥有更好的幸福。

最好的爱情不是一定要一直在一起,或许也可以是我离开你,但依然感谢你。

和琪哥见面的最后,我感慨她真的够勇敢、够宽广。她说:"我是真的感谢那时候的经历,如果没有跟他分手,我不会这么快下定决心要出国。他及时地放下了我,让我知道我真正想做什么、想要什么。跟他分开之后我才彻底明白,我要过什么样的人生。所以,有时候失去也是一种得到吧。"

是啊,分手和恋爱一样,都是一个很重要的过程,也是一个人一生必须经历的过程。有时候分开不是最坏的结局,反而能带给你一个新的开始。不要把太多的喜怒哀乐放在恋爱中,我们每个人始终都要有自己的生活。

这个世界什么都会变,什么都有可能失去,唯一不变的是自己的选择和对自己负责。要像琪哥一样，拿得起爱情，也放得下执念。要不断变得更好，要不断地去看更好的世界，要把每一天都过得很温暖。

希望你既是公主，也像骑士。

希望你既有人疼爱，也懂得爱自己。

希望你经历过幸福，也受得住伤痛。

愿你足够勇敢和坚强，愿你不受孤独所累，勇敢无畏。愿你我都能感恩生活中出现的每个人，是他们让我们变得更完整。

希望你与我目光坚定地一起等，一直等。

BGM：林俊杰——《忘记》
●当时光交缠在一起　成说不清的思绪
我却只要那段最美的回忆

我们每个人都要经过一段隧道，这段隧道可能是漫长的、黑暗的，甚至是充满磨难的，但是一定会有冲出隧道的一天。

Chapter C

拂晓

Dawn

愿你活成自己喜欢的模样

两个人是陪伴,一个人是勇敢。不要介意那些一个人的日子,孤单都是老天给我们的考验。

苑子豪

01
—

写下这些文字的时候,我已经大四了。这几年时光匆匆,好像倏忽而过,总想写下些什么与你分享,又怕自己写得不对或不好,会让你失望。但是厚脸皮的我,还是决定敲下这些字。如果你喜欢,就拿去用力感受;如果你不喜欢,也请用力体会。

毕竟,人的成长需要在外面的世界和他人的人生里得到意想不到的灵感。

02
—

我觉得大学里最重要的公式就是敢尝试、不怕输。你还没跟这个世界真正打交道,所以就算输,也不会输了全世界。

我大一进校的时候,满脑子想的都是大学一定要好好过,要认真上好每一堂课,因此买来各式各样的笔记本做好每一课的笔记。那时候,我害怕犯错,所以做什么事情都是小心翼翼,没有把握的事情我不做,看起来没有结果的感情我不努力,想想就没有可能的生活我不过。

后来慢慢发现,很多时候,成功都是在一点点试错中取得的，而决定，也是在一次次放弃之后才做出的。很多时候，我们不知道哪条路适合自己，于是都去走一走，一条一条地走，一条一条地试，一点一点地下决心斩断念头，直到剩下最后一条非走不可的路。

哪条走得枯燥乏力，就放弃哪条，就算走着走着发现行不通，再原路返回就是了。千万不要给自己留好几条路，然后站在原地发呆思考或者犹豫不决，那样只能浪费你的时间，然后让你养成优柔寡断和迟疑不决的坏毛病。

刚上大学的时候，我竞选了班长，报名参加了学校的羽毛球协会、广播电台、学校的学生会和团委、学院的学生会和团委。我选了四个部门，从外联部到体育部，跨度非常之大。那时候我还不知道哪个适合我，也不知道我会喜欢哪一个，所以索性都报了名。

半年之后，我发现外联的工作我不是非常适应，团组织的联络工作也不是很适合我，因此我退掉了两个部门的工作，专心做学校和学院的体育部干事。那一年，我这个篮球不会打、足球不会踢的运动白痴，竟然跟着学校大大小小的球类比赛，足足跑了两个学期。

我开始学习体育运动的规则，我发现了竞技体育的精神魅力，知道了团队是如何诞生和运作的。我发现，很多时候我们最终做出选择不是因为自己不忘初心，而是因为我们一直在用初心去感受走过的每一步，而每一步都形成了我们最终的归宿。

很多人说我不适合在一个自己不感兴趣的部门工作，我也一度认为在自己完全不懂和不感兴趣的领域工作就是在消耗时间、折磨自己。我一直告诉自己不要再强迫自己过陌生的生活，不要去强迫自己硬看丝毫不感兴趣的球赛，去解决各种各样我不了解的问题。

每当想要退缩的时候，我就会沉下心来，仔细分析和考虑，如果克服一个困难可以让我成长，那么就算头破血流我也要去做。本着这个想法，我硬着头皮坚持下来了。

那段日子我上网查了很多资料，从一开始在球场上面对争执和双方的摩擦，我不知道如何去调解，到后来慢慢试图用合理的说法去化解矛盾，到最终游刃有余地解决问题，我成长了很多。我发现，原来很多事情只是你以为自己不行，以为自己做不到。当你通过努力最后做到的时候，你会发现，原来突破和挑战自己是一件可以完成的事。

回想起来，作为工作人员，最初面对球员的质疑，甚至是辱骂，自己真有想扭头走掉的冲动，但是只要想到我欠缺的地方才是需要锻炼和成长的，就索性硬着头皮，迎难而上。其实人生中的很多时候，都是在一步一步突破和挑战中度过的，我们在悄然变化，慢慢成长。

03

一

到了大二，我继续担任班长，竞选上了学院学生会的文艺部长和学校学生会的体育部长，日常工作烦冗，时常让我感到十分疲惫。有一段日子，我每天几乎是在学校不同的教室开会和不同的场地办活动中度过的，一天只能睡不到五个小时。

那时候负责学院的合唱比赛，一管就是两个月，到最后甚至一周要排练五次，日日夜夜。第一个来最后一个走，回到寝室的时候已经熄灯断电，打开手机的电筒，摸着黑，爬上床睡觉。我记得那些日子每次晚归的时候，都发现夜空格外安静，星星眨着眼，好像会说话，全世界都在酣睡，只有自己可以跟自己道晚安。

冬天穿着羽绒服，裹着厚围巾，双手插着兜，一路小跑着回寝室，冻得鼻子耳朵眼睛通红，看到镜子里狼狈的自己，偶尔也会心疼。但是没有一段好日子的开端是不需要吃苦的，也没有一份收获是不需要付出的，牺牲是必要的，咬紧牙关才能冲到黎明破晓。

那时候刚好赶上学校体育部办大活动，身上扛着三十万的赞助压力，每天课余时间我都抱着电话，给赞助商一个一个打过去。打开电脑网页，看到一家又一家完全不认识的品牌，拉到末尾找到联系方式，就打电话过去。

很多时候对方让我发策划说明书过去,然后石沉大海,久久没有回复;有时候会给我一个新电话让我联系看看,结果发现是个打不通的号码;有时候告诉我没有赞助大学生活动的计划;有时候干脆告诉我不感兴趣,再严重些,就直接说我们的活动十分糟糕。

我记得每周一早晨是联系商家的最佳时间,通常这个时候,好的策划可以让对方拿到周例会上讨论一句,如果感兴趣,或许就会有下一步。每周五的下午千万不要联系,即使打了电话,对方也会因为要双休而把你的消息搁置到很遥远的以后。我还记得,打电话时一定要态度温和,无论对方提出什么质疑都要耐心回答,就算对方说"以后勿扰",也要礼貌地说一句"不好意思,谢谢您了"。我还记得,那时候我一天要打八十个电话,一周要做五次商家信息汇总,一个月要发五百条跟进短信。

然而让我坚持下去的,是身边所有人的支持与鼓励,还有自己不服输的信念。

坦白地讲,那段日子我过得并不好,很长时间身体都处于亚健康状态,容易发烧,经常感冒,作息不规律,熬夜后长了很多痘痘。和大多数人一样,我觉得自己被生活折磨着,然而我们每个人都是一定要经历折磨的。

那是我最累的一年,也是我收获最多的一年。

我渐渐懂得,不是所有的付出都会有结果,天上不会凭空掉

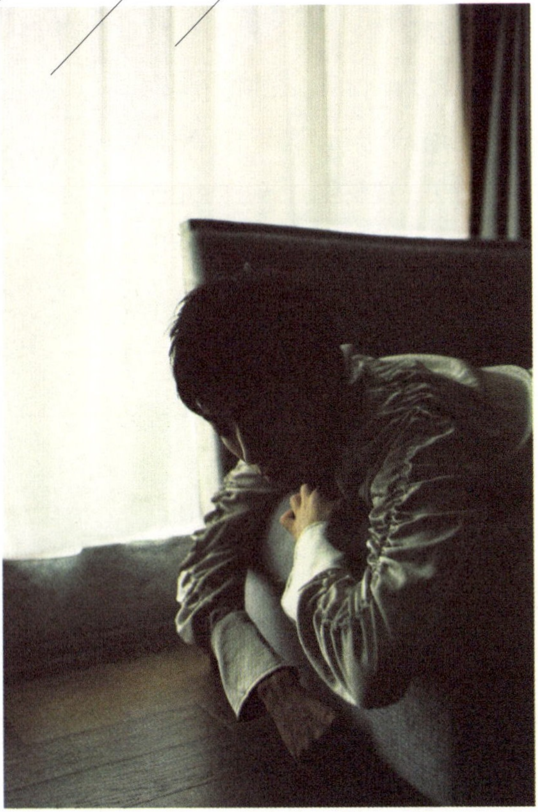

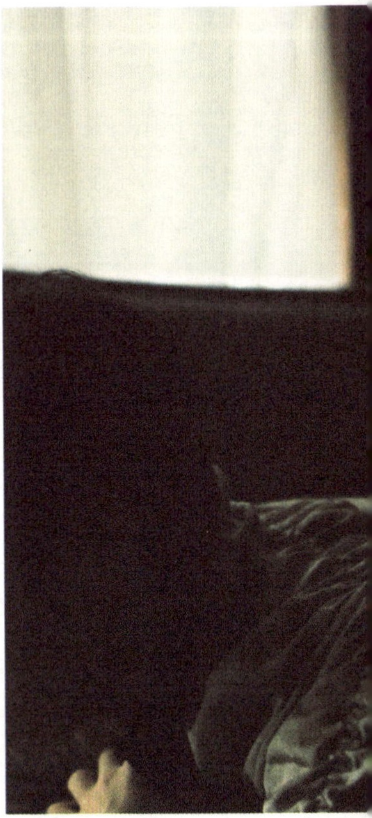

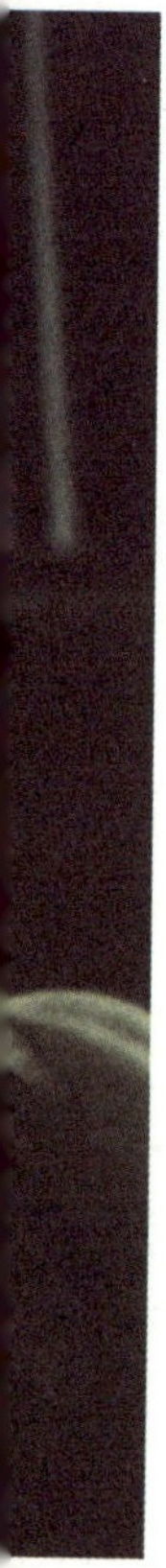
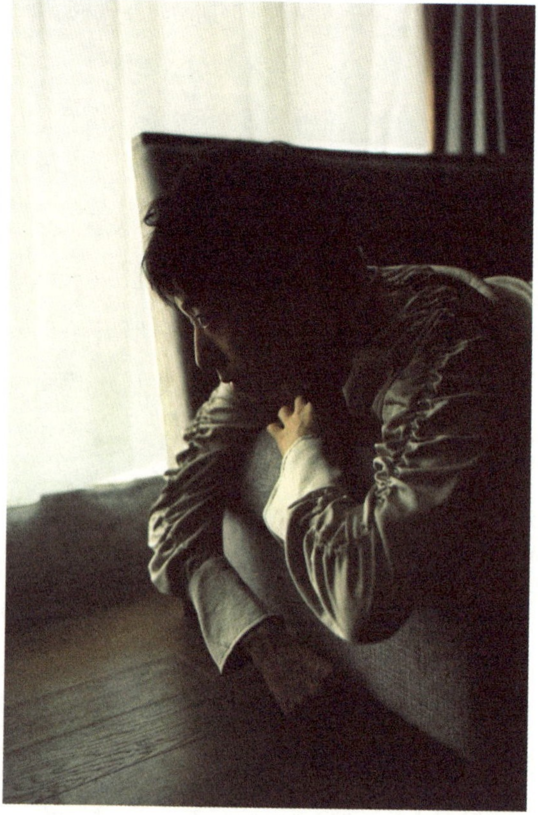
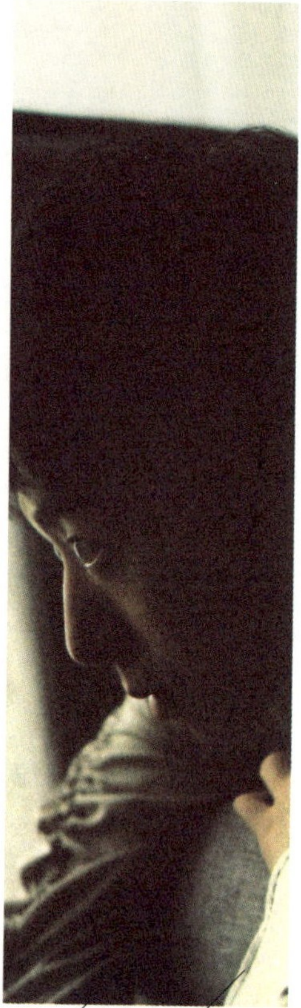

下一个大馅饼；团队经营管理需要智慧，也需要亲力亲为和彼此牺牲来提升认同感与亲密度；早上叫醒我们的永远不是吵闹的闹钟，而是打心底里愿意起床的信念；很多事情没人能帮你，如果你再不靠自己，就更没戏了；别人帮你是你幸运，别人不帮你也没有什么过错。

我结识了奥运冠军何雯娜，她后来成了我生活中关系很好的姐姐。2008年就拿了奥运冠军的她带着严重伤病，还在每天承受着巨大的疼痛和折磨，为2016年的奥运会做尝试性的准备；我们做公益捐助的民工子弟，因为我们捐赠的几个篮球就开心得咧嘴大笑，他们可能仅仅想有个玩伴。这个世界上永远有人过着比我们还艰难的生活。

这都是闯荡带给我的，而睡觉和做梦不能带给我的收获。

我时常想，我们的人生就是在一次次的闯荡中走完的，每次闯入一个领域，都会看到不同的风景。哪怕是误闯入一片不属于自己的领域，也会有一番不同于原地踏步的感受。

所以真理就是，你进入另一种生活，就会收获另一种人生。别管这种生活是甜蜜还是艰苦的，都会给予你丰厚的回报。在未来的某一天，它会在你都不知道的地方熠熠生辉，指引着你一步一步踏上征途。

04

一

大三那年，我通过竞选当上了学院学生会的主席，开始了又一年忙碌的生活。竞选之前，有支持我的同学、朋友不断鼓励我，也有一些声音说我实力不够。局势于我是不利的，然而这并不影响我要尝试的决心。

坦白地讲，竞选的那段日子过得也算是寝食难安和惊心动魄，要面对同样优秀的竞争对手，我们曾经是好朋友、好战友、好搭档的关系，难免会有些说不清的感触。那时候面对的质疑和劝阻，我至今还清楚地记得，可是骨子里就不愿认输的我，给了自己一次勇敢尝试的机会，最后两轮竞选，以一票优势获胜当选。

那天晚上，我在学校里走了很长的路，告诉自己，要平静，要泰然处之，要认认真真去体会这段日子带来的所有感受。很多事情都是我们觉得自己做不到，或者我们一想到就感到头疼，因而直接认输投降。事实上我们身上有着巨大的能量，只要愿意去激活，就会有希望。

一定记得，要勇敢无畏。

大三的时候，我还出版了我的第二本书，随着销量的上升，被安排的落地活动也越来越多。那时候，各地的学校和书店活动都被安排在满满的行程单上。我知道很多地方有着很多的你们，期待和我们见面，聊一聊自己坚持不住的辛酸，或是取得进步的喜悦。我知道这个世界上有很多人，过着连我都难以想象的日子，他们需要我去了解、去交流、去鼓励，去告诉他们一声：怕什么，你又不会输了全世界！

我们安排了全国巡讲的落地工作，一周至少到一个地方，通常三天的时间会安排七到九场活动，最多的时候一天要赶往四所学校做分享。那段日子真是疲惫，每周在飞机上看书复习，准备不同的演讲内容，回到北京的时候总是带着满箱的脏衣服。记得有一天我洗着洗着，突然有种想放弃的冲动。

为什么我们要活得如此辛苦？

因为值得。

每一个年轻的人都值得另一个年轻的人去拥抱，每一颗年轻的心都值得另一颗年轻的心去感知。我相信，我给他们带去了很多所谓的正能量，也给他们一段辛苦的日子带去了暂时的安慰和鼓励。我也相信，他们也一定能带给我能量，让我继续勇敢地去坚持做难以坚持的事情。

这就是相关联的青春，互相作用的"90后"。

大三刚好也是我们自己创立的护肤品牌"源本初见"正式成立的日子。工作室成立，很多员工带着梦想来到我们这里与我们并肩作战，工作繁重，任务不轻松，刚起步的我们有很多需要弄懂的地方,所以不断摔跤、跌倒,再不断爬起来。

不比别人吃更多的苦,就会比别人吃更多的亏。

有人说,我们读着大学,写书,做全国大学生见面会,自主创业,做着学生会工作,好像八爪鱼一样分割着自己。我也有同样的感受,倘若你问我累不累,我一定回答你,累;倘若你继续问我后不后悔,我一定回答你,绝不后悔。

我发现走进不同的领域就像打开人生不同的大门一样,而尝试不同的生活就是在给我们的未来规划一步一步求答的计算题,用证明其行不通和无解的方式,逼着自己走向另一条路,这真的是一件再好不过的事情了。

在我们尚且年轻、折腾得动,经受得起打击与失败,就算灰头土脸、狼狈不堪也还有重新来过的机会时,不努力,难道要去睡觉晒太阳,做几十年之后要做的事情吗?

05

一

大学期间,除了要勇于尝试,还要学会一件事情,就是接受不如意。接受不如意是一种心态,在这种心态下,你要学着接受失败,接受无助,接受背叛,接受想当然的事情不当然,接受梦想越来越遥远，接受你认为的事情会给你不一样的答案，接受对于感情地久天长的质疑，接受对于未来的惶恐与彷徨。

倘若你做好了最坏的打算，接受一切不如意，那么恭喜你，你的生活会非常轻松，因为再差，你也不至于对生活失去信心。

保研考试的那段日子，对我来说可真是难熬。大三结束，大四伊始，这是全国保研考试的时候。面对推荐免试研究生这件事，我想每个人都会紧张。

因为本科前三年的成绩排名靠前，我获得了保研考试的资格，但是要经历一轮笔试和一轮面试，最终成绩相加，决定最终的录取名单。因为前三年的成绩还算不错，所以我认为自己是比较安全的。我担心的就是笔试，因为笔试题实在太难了，出题模式独特，完全找不到复习的范围，像在《一站到底》里答题一样，考察的知识面非常广泛。

那两个月的复习真是难熬，每天都在给自己打气和打问号中度过。只要一睡觉，就会梦见考试相关的事情。我是一个容易给自己压力的人，所以做噩梦也是时常会有的事。临近考试的半个月，几乎每周都要做噩梦，梦见考试起晚了错过时间老师不让进场，梦见考试没答完失声痛哭，梦见没有考过，梦见梦想破灭。

那段日子我不爱回家。因为我担心爸妈会因为我紧张而紧张，我担心他们会心疼我，会跟我一起寝食难安，所以就故作镇定轻松地告诉他们，北京有朋友聚会，回不了家。天知道那段日子我天天吃食堂和外卖，一个月只去校外吃了一次饭，还是因为要见合作上的朋友。

我相信你也一定有这样的时刻，觉得生活压力无比巨大，觉得压抑，觉得梦想是身上沉重的负担，觉得自己想钻到地缝中再也不出来面对冰冷残酷的现实，觉得自己一个人在外打拼好难好难，觉得自己实在太辛苦了。

是的，你一定有，但请你一定不要怕。

我们每个人都会有这样的日子，觉得自己痛苦难堪，煎熬烦躁，这段日子其实是对我们自身的修炼。经得起苦难的折磨，内心才会变得宁静，灵魂才会变得柔软，你才会在日后糟糕的境况下得以自我救赎。

好事多磨，美好的事情都需要多磨一磨，也可以解读为，但凡美好的事情，多半都掺杂着磨难。你要学会等待，学会内心清静，才能在这个浮躁的社会中变得强大。

半个月后，我迎来了保研考试。上午的笔试发挥顺利，但没想到下午的面试会出问题，发挥极差，五位老师给我打了全年级的最低分。

由于面试的原因，最终相加的成绩，我排到了靠后的位置。虽然最终还是被录取了，但是与我最心仪的专业擦肩而过，取而代之的是另一个我并不是很擅长的专业。

那段日子我仍记忆犹新，心疼自己的傻和笨，也感恩自己的坚持和努力。其实有时候努力了不一定得到最满意的结果，而且我们想要的不一定就会得到。命运爱玩的游戏往往就是阴错阳差，你越是在意的，越不会顺利交给你；你越是掉以轻心的，越是给你沉重一击。

学习如此，其他亦然。很多人不能接受意外，其实意外没什么不可接受的。你有过得开心的一天，就一定有过得不开心的一天；你有满意的时刻，也一定有不满意的时刻。在相对论的提示下，我们知道世间万物都是相对的，要学会用另一种方式去看待这个世界和我们本身。

当你惧怕遇到跌宕起伏的惊险时，记得多想一想，相对于意外，平稳是多么无聊。

希望我们既可以接受意想不到的惊喜，也可以接受意料之外的失望；既拥有面对喜的热情，也有迎接悲的勇气；既可以刀枪不入，也可以刀枪俱入。

我仍感恩这段经历，也感恩这个结果，因为我相信一切都是最好的安排。你只需要在自己的跑道上挥汗如雨，认认真真、踏踏实实地一步一步往前跑就好。至于结果，一定不会错的。

06

—

    还有人说，大学时代一定要谈一场轰轰烈烈的校园恋爱，而最美好的事情就是从大学一直谈到结婚，忠贞而浪漫。结婚的时候请来大学同学和教授们，如果再在青葱的校园里拍摄一组婚纱照，就更完美了。

    然而我的大学恋爱，几乎可以说是失败的。

    我在大二那年的感情，给了我很多关于爱情的教训，那时候我每天都坚持写作，准备出一本爱情大师的恋爱宝典。后来被我的编辑毙掉了，我问是不是因为我的形象过于单纯美好小清新，她一个白眼翻上天，告诉我是因为我根本就不会谈恋爱，所以这种不负责任的爱情观点不能传给大家。

想了很久，我终于肯承认了，是我不会谈恋爱。

我原先以为，我们分手就是因为异地恋的撕扯，长时间不在一起，说话的时候靠语气猜表情，累不累只有自己知道，计划好的见面总是由于一方的原因取消，动不动就吵架，相互纠缠。我跟别人描述起来，都是说我是因为异地恋分手的。

而现在，我终于肯承认，分手其实是因为她不爱我了。

其实你也必须承认，多数感情的终结都是因为他（她）不爱你了。千万别给自己找什么星座不合的理由，血型不合也不是你们产生摩擦的关键。异地不异地，有没有时差，都不是你们分开的原因。待的时间久了，你会说彼此腻了，但你不会想想为什么不是日久生情。彼此不了解，你会认为是因为接触不多，但你不会想想为什么不是一见钟情。你从来都是习惯骗自己，说什么性格不合，脾气不合，世界观压根儿不一致，但你不会想是不是自己的恋爱方式有了问题。

那时候我跟她属于一见钟情。两个人很久以前就知道彼此的存在，好感本来就有，再加上相遇时纯属偶然，我们一致认定这就是缘分，妙不可言。在一起后很快就进入了热恋时期，每天都要给她打一个多小时的视频或者语音电话，说一万遍"我想你"，计划着每次怎么见面，给她准备什么样的礼物。

坦白讲我很喜欢她，她是我喜欢的类型，唯一不好的就是异地，我们要隔很久才能见面。做落地的活动，我都会想去她的城市，争取了很久，终于达成了这个目标。我还记得我做完活动偷偷地跑去跟她吃饭，看了一场有着爆米花的晚场电影，看完出来吃汉堡王的夜宵，是多么幸福。

我给她买了情侣款的衣服，她也说好看很喜欢，只是在我们分手之后她才穿上。上下飞机前我都会给她报平安，落地了第一件事就是打开手机看有没有她的消息。在车上想给她发微信，到了家想给她打电话，做着家务扫着地也要开着扬声器跟她说话。每天早上起来我会说早安，晚上睡前一定等她说了晚安才睡去。不过大多数时候，她会累得忘记联系我，困得洗完澡忘记找我就睡着了，发个消息隔个大半天才会回一个"刚才在忙"。

后来我们频繁地吵架，我控诉她的失联，她不满我的强势。我希望时时刻刻陪着她，她却觉得两个人都需要空间和自由。我第一时间想到的总是她，她却只有方便时才回复我。我们因为一些小事就大动干戈，分手我已经说了两三次。

最后剩下不多的感情终于也被消磨殆尽，在我第三次说分手的时候，她同意了，这次我们没能再改变什么。后来我说了很多

拂晓

好话，道了歉，也发疯一样想立刻买张机票去找她，可是都无济于事。

我们真的回不去了。

那段日子赶上我期末考试，每天都是难过的。我一直在听梁静茹的情歌，不断给自己唱《分手快乐》和《会过去的》，每天傍晚心情就会压抑，必须出去散步很长时间才能舒缓。那段日子我经常伴着晚霞一路走下去，走到累了，大汗淋漓了，才返回来。

那之后我们再也没有躲在被窝打过电话，她再也没有逛着超市还要可爱地跟我汇报自己买了些什么，我再也没有叫过她傻瓜，她再也没有跟我说明天打电话叫她起床好不好。

我经常梦见她，经常幻想着我们以某一种方式复合，甚至在做着交流会的时候脑子短路，想着她脱口而出"我是想跟前任复合的人"，然后全场寂静，鸦雀无声。我经常一个人没出息地掉眼泪，经常怪自己不够好，下了很多次决心想把她追回来，又死了很多次心，告诉自己算了吧。

后来听说她搬家了，到此为止，我终于死了心。

这是我的大学恋爱，就这样。当然我们之间的甜蜜，不是我三言两语就可以写出来的。我一直认为感情只有自己经历过才知道有多美好，写出来的，只是冰山一角。

时至今日，我仍然不许身边朋友说她不好，在我心里，前任无论多坏、多不值得爱，都是曾经的另一个自己。祝福她越来越好，生活美满。如果哪一天她想我了，回来找我了，我想我还会张开双手给个最熟悉的友情拥抱。

我想，这才是爱过吧。

所以，奉劝还在大学谈恋爱的你们，记得少吵架、多拥抱，给彼此空间和时间，不要斤斤计较。异地恋的多一些信任和理解，千万别动不动就提分手。倘若哪天不在一起了，也别记恨，记得给对方最好的祝福，毕竟你们曾经爱过。

除此之外，你还要记得，爱别人的前提一定是你足够爱自己，当你强大到发出光芒的时候，对方才会欣赏、珍惜你。别动不动因为一件小事儿就心情郁闷，你是太阳，他（她）才会看到光亮。

好的缘分值得珍惜，如果还没到，就请等待，即使再孤独也不要将就。分开了，要坦然，不适合在一起的，就给彼此最好的祝福——你还会遇到更好的。

07

讲了这么多，我相信你会有各种各样的感受，甚至看完某句话之后会有浑身发麻的感触。这个世界上有太多和我们一样的人，过着一样或不一样的生活。

我猜你一定会有这样的时刻，跟爸妈解释不清不被理解时极其郁闷；学习工作上有沉重无比的压力；喜欢一个人又得不到，得到了又忍着痛流泪说分手。

你一定有过这样的念头——我从没想到我的人生会走到今天这一步。确切地说，是我们每个人都有过这样的念头。

这些都是再正常不过的事情了，谁还没个不堪回首的过去，谁还没个被伤得遍体鳞伤的昨天。谁都爱过一两个人渣，谁也都有过想放弃的时候。没关系，别害怕，我们都会这样，直到慢慢长大。

今天你所遭遇的一切，哪怕残忍如毒药，也会在未来某一天，让你强大到百毒不侵。

愿颠沛流离之后，你可以活成自己喜欢的模样。

08

最后的最后，我想说，我的所有经历你都不需要记住，你也有权利不感同身受，当然，如果你反感我所说的，也没关系。重要的是，你要在自己的生活里找到支点，然后用这个支点背后的勇气，支撑自己不停地走下去。

你可以不喜欢我，但是你一定要爱自己；你可以不认同我的观点，但你一定要认清自己。

这个世界上的很多事情都可以自圆其说，你怎样讲都有道理。关键的事情，不是对与错、好与坏，而是你能否活得开心而自洽。

我们每天用各种各样的理由和道理去说服自己，别钻牛角尖，要用有限的、一定会流逝的时间，去做更多自己喜欢的事情。

我现在告诉你这些，你可能被感动得一塌糊涂，也可能不以为然。我说的话中没有真理，如果一定有真理，那可能是，现在的你如果困了，就洗洗睡吧。

做个好梦，晚安！

BGM：林俊杰——《不为谁而作的歌》
● 梦为努力浇了水　爱在背后往前推
当我抬起头才发觉　我是不是忘了谁

你不必活得那么累

坚信努力可以带来好运气,
相信用心可以遇到真感情,
深信善良是个好东西。

苑子文

01
—

我有一位好朋友，叫志伟。

第一次遇见她，是在房屋中介网上看到她的名字和照片，怎么看都感觉这是男生的名字，当下拨通了电话，干脆利落地约好第二天去看一套房子。见面那天，北京冬天的气温已经到零下了，我刚刚参加完活动，只穿了单薄的西装，在天桥下足足等了她二十分钟。见面之后，她不断地低头鞠躬跟我道歉。她冻得鼻子通红，磕磕巴巴用力解释的样子像个染上灰尘的不倒翁，让人生不起气来。

我觉得北京的中介系统是有模式的，不管在哪家公司看房，接待我的人不同，模式却基本一致，从说话方式到介绍心理，甚至是微信朋友圈都别无二致。

"苑哥，不好意思，不好意思。我的车骑出去没电了，又拖着回去，管同事借了一个，所以就来晚了。"还在念大一的我觉得"苑哥"这个称呼让我有些尴尬，可能因为看我穿着西装，而大多数租房的都是工作党，所以才叫我哥吧。

"您应该比我大，不用叫哥了。我们走吧，抓紧时间。"

"好的哥，您坐上来吧。"显然她已经习惯了"哥"这个称谓。

"坐这个？"我看了一眼不大的电动车，抬起双手，修身的西装因而变得扭曲。

"对啊，那小区离这儿有些距离，哥，您先坐上来吧，我骑车稳得很。"

如果放在往常，我肯定是不会接受这样局促而尴尬的事情的，但那天见到志伟，有一种说不上来的逻辑，后来不知道怎么，我就已经一脸茫然地坐上了她的电瓶车。

在寒风凛冽的北京城，我穿着很修身的西装，因为露着脚踝而被冻得麻木，一边哆嗦一边蹦着字问她："为什么不约在小区楼下见，要找一个这么远的天桥见？"

02

后来四年间，我在北京一共换过两次房子，一次是因为工作需要，一次是因为房东要变卖房产。让人惊喜的是，每次志伟都能根据我的模糊描述，帮我找到最满意的房子，而且不用我一个小区接一个小区地去找。她就凭着感觉，帮我找到北京城那些独栋、住户少、外观漂亮、内装简单的小空间。几次下来，我们便熟络起来了。

我很感谢她为我节约了时间成本，她也渐渐地了解了我的职业和生活。她会买我的书,虽然没有时间翻上几页。我会请她吃饭,前提是她突然跟我说,她这个月又没拿到销售冠军。

志伟是那种身上每一个细胞都在努力拼搏的女生。我曾经问她:"你的私人微信是什么?我不想每天一看朋友圈就是租房售房小广告。"她说:"哥,我哪有时间用两个号,而且我就一部手机。"

我几乎笑着说:"你不会告诉我,你就只用这个微信吧?你都没有一点儿自己的生活吗,平时逛个街,做个饭,拍个自拍什么的?"

她说:"没有,我现在事业才刚开始,忙得很,每个月都要争销售冠军,然后就有提成了。"

我和志伟原本各有各的生活,交集也仅有一点点,但奇妙的是,每次见面话题却很多,从眼前的一餐一饭,聊到自己未来的生活。我一直都很喜欢这样的人际关系,不会虚至无形,也不会为之所累。志伟也很真诚,因为我老请她吃饭,所以两次租房都给我申请了更多一点的折扣。

我说:"你少拿了我的中介费,自己还不是一样少拿提成?"

她说:"哥,我碰见过那么多挑剔的住户,但像你这种品位和要求的,不多。对你来说,我的使命不是赚钱,是给你找到你想要的。"

BE

TOGETHER

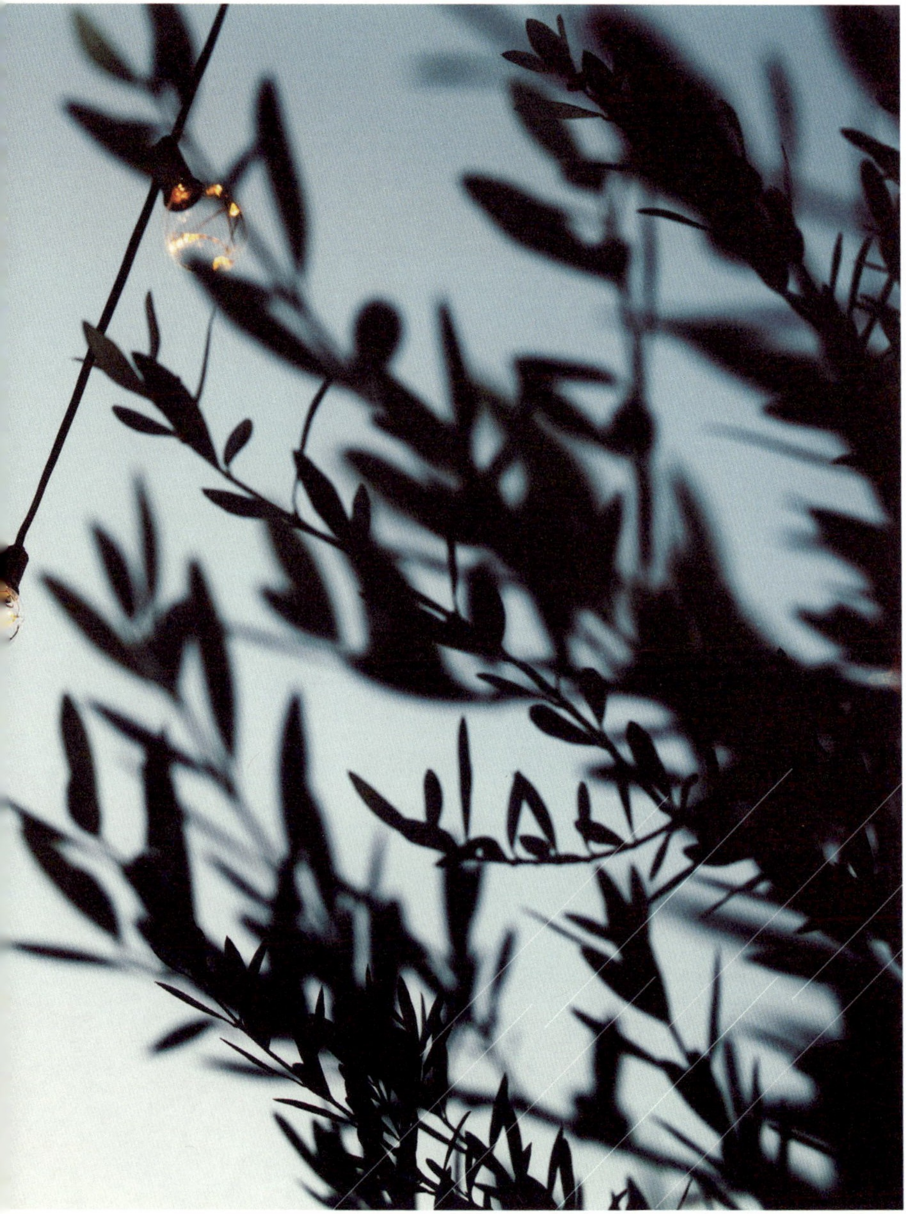

我开玩笑地说："你这个说话套路，可以出书了。"

说完我们都笑了。

03

—

后来她到另一家门店当了小领导，开始给别人评销售冠军。我以为她会轻松一些，没承想她比以前更加忙碌了。

"哥，以前我只是和同事比，看谁卖得多。现在呢，要和全店业绩、分店业绩，还有全行业业绩比，累得很咯。"我们一起在一个烧烤摊喝着啤酒，那是她拿到晋升机会后请我吃的第一顿饭，也是我最后一次见她。

大四那年，因为工作需要又要换房子，我才发觉好像很久没有刷到志伟的朋友圈了。以往对于朋友圈里打广告的，我都会直接屏蔽掉，或者跳过不看，但志伟的朋友圈，我常会很认真地评论，"复制得不错""文案没新意""能不能不要这么口号化，我尴尬症都犯了，哈哈哈"。

我点开她的微信，留言说要找房，她过了很久才回我："哥，我已经回老家了，男朋友让我回来，不能帮你了。"

无奈之下，我只能找店里的另一位中介小李。不出所料，足足花了一个月时间，才找到称心如意的房子。

签订合同那天，我迟到了，就像是第一次见志伟那样，我非常客气地解释因为路上堵车，所以来晚了。好像这样的场面，和几年前天桥下的经历有着某种说不清的关联。签完合同，我请一直帮忙找房的小伙子吃饭。这位1994年出生的小伙儿，可是名副其实地比我年轻，听他一口一个"苑哥"，我竟有些想念志伟了。

04

—

我和小李提起志伟来，他顿了顿说："您说我师父啊，我来的时候是她带的我，后来她得了肿瘤，就回家治病去了。"听到这个消息，我一下子愣住了，再也没吃下一口饭。

我开始打听关于志伟的病情，以及她走之前的状态。但小李说了半天，也没说出个名堂来。"苑哥，我们平时到店就工作，大家恨不得一分钟掰成两分钟用，谁有时间问这些啊。而且师父说了，干这行，就是要抢时间、抢客户，所以我连和她吃个饭的机会都没有。这个行业，别说我和您之间，就算我和同事之间，感情也是如流水啊。"刚入行的小李，说话技巧明显比志伟差很多。

不是的。我在心里告诉自己，志伟和我，不只是工作往来关系，我是她在北京为数不多的朋友，她也是我为数不多的树洞。平时遇到一些小麻烦，和身边人说起来的时候，总会得到各种各样的建议和意见。但其实有时候，我们倾诉，只为宣泄，不为得到答案，也不求共鸣和同情。志伟最好的地方，就是她并不懂我的生活和我的世界，所以总是很努力地听着，也不发表意见，然后我们两个人一醉方休。

回到家里，我给志伟发了微信，也打了电话，却没有回复，也没有人接听。后来我往志伟的银行账号里打了一笔钱，果然，过了几天，志伟的电话打了过来。

"哥，你是不是给我打钱了？"

"是啊，早就想好了，你给我省下的这些中介费，要在你结婚前包成红包送给你。你呢，不许给我打回来，给我好好的。"说这话时，我鼻子一酸，眼睛痛得厉害。

志伟"嗯"了一声，在电话那头带着哭腔说："哥，你傻啊，现在中介都会给客户打折。而且，其实我一直都没有男朋友，我只是累了，想回家休息休息。"越说越小声的她最后只剩下哭声，我们就这样在电话两端红了鼻子。

我平静地说："嗯。"然后仰起头深呼了一口气，"我又要录节目了，先不说了啊。"

挂掉电话的我，瘫坐在漆黑、安静的房间，眼睛通红，大脑一片空白。

05

大四那一年，我因为频繁和出版社打交道，无意间交了一个新朋友，是我的图书编辑。与志伟正好相反，"宁远"这个名字既文艺又温柔。

记得第一次我的责编带我见她时，我心里盘算着，这么年纪轻轻的小姑娘，肯定是刚工作吧，下意识地对她的工作能力和经验产生了怀疑。在得知她已经在图书行业做了四年后，一切顾虑都烟消云散了，取而代之的是我总腹黑地提醒她：你已经不是二十出头的小姑娘了，不要总穿得这么花花绿绿，没心没肺地活着。

没错，她是一个典型的暖系女生，喜欢涂浅紫色和水蓝色的指甲，买了很多多肉植物并悉心照顾，明明穿着很有型的风衣，却还要配一个可爱到不太搭的胸针。我最喜欢看她笑，因为每次她笑盈盈的时候，眼睛总会眯成半月形，然后露出两颗小虎牙。我总说老天给了她太多阳光和美好，她说她这叫懂得感受生活里的小幸福。

有一次我去她的办公室，看到她桌边摆了一个不大的正方形硬纸壳，上面贴了很多从日系杂志上剪下来的穿搭图片和女孩喜欢的那些好看的贴纸。

"这是什么？"我好奇地打量着。

她还没来得及说话，旁边八卦的同事就指着那些贴纸笑着说："一堆奇奇怪怪的搭配指南，都不知道摆这个做什么用。"

她哼了一声，回敬她同事说："这么贴在一起看着就赏心悦目，而且这样把包放在桌边就不会把墙蹭脏了。"

她这么说的时候，我的目光刚好扫过她桌上摆着的多肉植物和贴了可爱贴纸的台历，因为摆了太多零零碎碎的东西，桌面显得有些凌乱。

我笑着逗她说："桌上那么乱，还好意思说赏心悦目。"

她又哼了一声："窝在这儿工作就跟窝在家里上网似的，这叫把工作变成兴趣，好吗？"

还有一次，她在微信上给我发了一张照片说："你看，之前的花夹到书里就收起来了，忘了个一干二净。今天收拾东西，我看到鼓起来的书，才想起拿出来看看，然后就收到了自己送自己的这个惊喜，好开心呀。"

06

—

她就是这样，会把所有的欢喜都落在生活中不起眼的小事上。因为薯片新出的口味好吃到哭，所以要发一条朋友圈状态；因为司机大哥多开一段路送她到公司楼下，就感动得把自己出门

时带的水果送给人家。比起志伟，她是真正算得上不计代价开心生活的人吧。

她会切好很多水果，然后发一个状态说："切好维生素等盆友（网络用语，"朋友"）来喝茶！"我马上评论："能不能好好说话，吃水果就吃水果，切啥维生素呢。"

她回复我："要把水果当成维生素，这样吃起来就会很幸福。"

虽然表面上看起来，她是一个喜欢养花弄草、外表文弱的女生，但工作起来却不比任何人差。一年的时间带了十三本新书，

生活是一场旅途，我们要跋涉，要去更远的地方看未知的风景，但也要驻足，低头看看脚下的花草和浮游的阳光。

BE

TOGETHER

光宣传稿和新闻稿就写了20万字，活动和书的策划案，平均一周出一份。有时候要跟着作者一起出差，作者去哪儿她就去哪儿，最忙的时候连续十几天甚至一个月都回不了一次家。因为生活不规律，脸上会冒出很多痘痘，她着急得直皱眉头，然后头也不回地转向新的战场。

有一次我们一起出差，同行的工作人员说："不然去吃麻小吧。"她默默地低头，拨弄着自己的头发，一副欲言又止的样子。

我们问她不想吃吗，她就指了指脸上的痘，说："都肿了。"

当时我们只顾着笑话这个可爱的姑娘，边笑边说她矫情。她翻个白眼，从包里掏出粉饼，补一补妆，回我们一句："我们女孩最重要的就是脸啊，你们不懂！"

即使辛苦，即使劳累，她仍然特别阳光地对待每一天的工作。说起做文字编辑，这可是她觉得最幸福的事情了。

07

—

虽然她一路笃定，像拼命三郎，像一台永远电力十足的小马达，但所有的故事并不是从一开始就设定好情节的，遇到很多转折点，她也一样孤独又彷徨。只不过，每次经历短暂的消沉之后，她都会做出最勇敢的选择。

她曾经在喝咖啡时随意地提起过，刚上大学的时候参加过一个演讲比赛，评委提问的时候问她："你的理想是什么？"她当时一下子就蒙了，理想？她在舞台上足足静默了一分钟，才磕磕巴巴地把话题转移到别的地方。

她说那次演讲比赛结束后，她那些盲目的热情好像消失了一般。从比赛现场出来，她就一头扎进了图书馆，把里面的期刊翻了个遍，这才突然意识到，自己最感兴趣的是文字。

那时，这个姑娘从一堆书里抬起头时，目光刚好落在图书馆明亮的落地窗上。她或许不知道，夕阳投射在玻璃上映出的光束，将会照耀她往后的人生。

宁远不止一次提起过，念大学的时候，就憧憬着能进入出版行业。如今靠着能力和一点儿运气，接触了自己年轻时崇敬的大作家，又在新媒体时代里不断学习，带着出版业的新秀，不管多累，她都觉得自己很满足。

我从未和她讲过，虽然平日里我都是变着花样损她，但是我心里是很感激她的。我也曾为自己究竟要成为一个什么样的人、要从事什么样的事业而迷茫彷徨过，但她的人生哲学，教会了我一个最简单的道理——从心而已。

每个人都注定会在自己最喜欢的领域里发光，只要你能够从事心心念念甚至为之辗转反侧的事业，一定会甘之如饴，出类拔萃。

拂晓

08

一

我和志伟很长时间没联系了,她再也没更新过朋友圈。我很怕发过去一条微信会石沉大海,这让我很是担心。有时候我甚至希望她还像以前一样,更新那些出售房屋的小广告,至少这样能让我知道,她在以自己想要的方式,活着。

我们的生活中会遇到各种各样的人,有的人像志伟一样,活得万分辛苦,忙忙碌碌,却忘记给自己留一点儿空间。我没有资格评判她的努力是否真的给自己带来了想要的结果,我只是觉得,我们不必活得这么辛苦。生活是一场旅途,我们要跋涉,要去更远的地方看未知的风景,但也要驻足,低头看看脚下的花草和浮游的阳光。

比起志伟,我更向往宁远这样的人生。有忙碌也有放松,你会穿上西装为工作奔走,也会偶尔光着脚丫晒太阳。你有很强大的竞争对手,也有亲密的知心伙伴。你有足够的时间去享受时光,感受幸福,也有足够的勇敢去努力工作,披荆斩棘。

其实你不必活得这么辛苦。拼命地付出,只不过是为了能得偿所愿,幸福地生活,那么我们为什么要放弃已经紧握的小确幸呢?

最好的永远是当下。

BE

TOGETHER

09

宁远一直有一个未完成的心愿,那就是出版自己的作品。前些天,她兴高采烈地跟我说,她写的二十万字的小说被一个网站买了数字版权,终于要开始连载了。"虽然不是什么大作品,也比不上你们那些正儿八经印出来的纸质书,但我还是觉得,离我想要的幸福又近了一步。"她说这句话的时候,我能明显地感受到她小小的成就感。借着她签约小说的喜气,她提出请我和弟弟在一家餐厅吃饭。

那天我和弟弟走进餐厅的时候,在人群中一眼就认出了她。她兴高采烈地朝我们招手,眼睛弯成了半月形,露出两颗可爱的虎牙。

还是当初我认识她的时候那个小女生的模样。

我刚坐下,她拍了拍我,神神秘秘地指着自己的肚子,一字一顿小声地说——

"我——要——当——妈——妈——啦!"

> ▶ BGM:林俊杰——《当你》
> ●当你的眼睛　眯着笑　当你喝可乐
> 当你吵……当你说今天的烦恼
> 当你说夜深你睡不着

一个人也要够勇敢

梦想遥不可及,
路途艰难险阻,
想要的永远得不到,
但是那又怎样呢?
我们都有万念俱灰的时刻,
然而我们依然活着,
这就是最大的资本和意义,
继续奔往明日征程。

苑子豪

01

—

我遇到过无数个称自己是"肉包"的女孩,她们一边吃着饭一边喊着要减肥,实际上比一般女孩都要瘦。直到我遇见了她,那真的是一个名副其实的"肉包"。

她就是姐姐,全名叫"肉包姐姐"。

青春期的姐姐属于那种扔进人群中就找不到半个影子的女孩,高中时的她是肥胖症少女,脸大偏偏还头发短,不爱去逛街,由于没眼光,衣服永远穿她亲姐剩下的。幸运的是,那时她的人生字典里还没有"自知之明"四个字,天性傻乎乎的她每天都是乐呵呵的,顶着路人的脸,做着公主的梦。

少女时代的她,暗恋上了痞坏的校霸王大山。为了引起他的注意,姐姐故意走全校都没人敢走的小巷子,每次兜里都揣着几张准备好的五块钱,只要一遇到他,不用抢不用威胁就主动笑嘻嘻地交出去——

这就算他们的初次相识了。

自此以后,姐姐每天都要帮王大山写作业,附带抄一份周杰伦的歌词偷偷塞进他的学号箱里。为了可以和王大山多待一会儿,姐姐每天放学都会偷偷地跟在他后面,假装可以把他送回家。在学校食堂吃饭时,姐姐炯炯有神的眼睛总是可以准确定位，然后跨过千山万水，挤到离他最近的位置坐下。细数起来，姐姐一共为他写了两年的作业，代做过十五次卫生大扫除，挨过一顿打，代受过一次记大过，就连周杰伦的歌词，都给他抄了整整两个夏天。让姐姐觉得值得的是，有次王大山喝得烂醉，给姐姐打电话说："我喜欢你。"

然而和你可以想象到的情况一样，校霸都是喜欢校花的，像姐姐这种小配角，永远只有帮着抄作业的份儿，压根儿不会有其他可能。

挨打是因为王大山和另一个男生抢校花；记大过是因为考试时姐姐帮王大山给校花传答案而被训导主任抓住了；而那句"我喜欢你"，是王大山在自己的生日会上，玩"大冒险"输了被迫说出来的。

姐姐说，王大山把她抄来的周杰伦的歌都学会了，只不过全唱给了校花听。

02

—

如果说少女时代的姐姐就是个悲情人物的话，那么长大了，她其实还是一个悲情人物。

姐姐在大学里是那种混吃混喝不务正业的学生，60分及格，多拿1分都觉得是浪费。一年中只有一个星期不开心，那个星期叫作"考试周"。即便如此,也谈了个说要一起地老天荒的恋爱,一切顺风顺水,没有波澜起伏。直到有一天,姐姐的爸爸做了个伟大的决定,让她考研。

爸爸给她报了名,找了考研补习班,催着亲戚邻居过来七嘴八舌地劝姐姐一定要努力复习、努力考研。就在每天备受折磨与煎熬的时候,她做了个更伟大的决定——离家出走。

姐姐和大多数人一样,选择了北漂。

起初她找了个咖啡厅的工作,做起了服务员。那真是姐姐人生中最闲散的一段,因为她打工的咖啡馆开在北京一个尚未开发的老胡同深处,每天进来的人寥寥无几,服务员只有她一个。老板在的时候,姐姐就站在柜台旁擦大大小小的玻璃杯子;老板不在的时间,她就跟客人侃大山,跟老外说中文,求厨子给做份小甜点,偶尔有帅哥进店,她就大大方方地请人喝一杯柠檬苏打水,日子就这样似水流长。

一个月后,爸爸没忍住,来北京找她。在他的想象中,姐姐应该以泪洗面、面黄肌瘦、乖乖认错,跟他回家准备复习考研,没想到她竟然把自己养得油光满面、气色很好。这次爸爸看到她活得很好,终于妥协了。

得到了父母的允许,姐姐开始了"合法"的北漂生活。每天坐地铁四处面试,没有面试的时候也喜欢去地铁里坐着,看来来往往匆忙路过的人。花两块钱不用出站,就能一直观察这个亲切又陌生的世界。她也喜欢站在站台旁边,闭着眼去感受巨大的轰隆声中列车开来又开走。她喜欢感受那阵迎面而来的强烈的风,那声音和着风,可以碾碎很多心头的思绪。

没多久姐姐就找到了一份新工作。在此之前,姐姐在漫长的实习期里没有工资,只好跟她的亲姐姐挤在东四环一栋钉子户的老楼里。老楼的周围被拆得一片狼藉,房东之所以便宜租给她们,就是为了让她们一起跟拆迁队作战。

终于有一天,房东拿到了合适的赔偿款,让她们在一周之内收拾东西走人。一周内房子就会拆,不过肉包和姐姐也找到了新的房子,准备好搬家了。然而就在她们收拾好了所有东西,大包小包地搬下楼,正准备叫车搬走的时候,新房东打来电话说有人出了更高的价格,那房子不能租给她们了。

你看,有时候现实就是比电视剧里的剧情还要跌宕起伏。

那天她就跟姐姐找了家洗浴中心,把全部行李寄存好,买了张门票就进去了。那是九十块钱一个人的通票,只要不出来,就可以一直待在里面。

姐姐说,那个周末她们就泡在洗浴中心里,早上吃一顿自助早餐,下午吃小零食,其余时间就在里面慢慢消磨。两天的时间里,有电视看,有按摩床躺,别提多舒服了。到了周一,肉包姐姐就去公司上班,等到晚上下班时,偷偷躲在公司的会议室里睡觉。

姐姐说,她一辈子都不会忘记会议室的木头圆桌有多冰凉和

拂晓

坚硬；不会忘记有几个晚上自己是生生被冻醒的，醒来直接就在空荡荡的会议室里号啕大哭；不会忘记每天早上公司的保洁阿姨叫她起床，两人一起到公司的洗手间，阿姨洗涮拖把，她洗脸刷牙。

过这样的日子没有别的原因，单纯是因为找房需要一段时间，而住酒店成本太高。大概两个星期之后，她们终于找到了新房子，不大，却很干净，最重要的是不需要跟任何拆迁大队的人吵架了。

姐姐被老板误以为是每天最后一个走，早上第一个来，因而得到了赞赏。再加上平时干得不错，所以被提前录用了，承诺她只要拿到毕业证，就可以立刻入职。

那天她哭着喝了很多酒，这是她来北京后第一次喝醉。拿到梦寐以求的公司的工牌时，她开心得像找到了男朋友。别人都嗤之以鼻不想戴的牌子，在她看来，是一定要正面朝外端端正正地挂在胸前的，像极了刚当上少先队员的小孩子。

不是因为工作有多么耀眼荣光，而是因为这份来之不易的工作背后，有太多的辛酸和难以言说的苦痛。

03

一

说到哭，细数起来，姐姐一共也没哭过几次。

姐姐从没跟家里人哭过，被领导骂得狗血喷头的时候，爸爸一个电话打过来,她立马就能编出自己用宇宙无敌的创意和智慧让一帮人臣服脚下,让主编噙着眼泪感谢天、感谢地、感谢命运让她来到公司的弥天大谎。

姐姐被甩的时候哭得昏天黑地像条狗,每天都磨刀霍霍,恨不得抱着前任同归于尽。可家人问起来,她还是会说有好多适龄又多金的富二代开着跑车举着钻戒求着她去享受几百亿的家产。"唉,真的好烦哦,可是我还得考虑考虑,毕竟婚姻是大事,不能当儿戏,对吧?"然后一个白眼翻上天。

姐姐哄得爸妈把在北京做编导的她当成一个大宝贝,跟街坊四邻夸起来中气十足,几十年辛苦的养育在别人羡慕的眼光里,已经化成眼角那几道喜气洋洋的鱼尾纹。他们要是知道自己女儿在北京低声下气地求房东延期收房租,工作时被阿猫阿狗随便指使,要靠兼职挣两份钱才能过活,感情一塌糊涂到再也不相信自己的名字前面能加上个"被某某喜欢"的定语时,应该会很心疼吧。

不过好在一切都挺过来了。我也一直深信不疑,当我们撑过一个低谷到不能再低谷的阶段,就会到达顶峰。虽然有时候感觉自己明明已经很惨了,可现实仍没有好转,日子过得很艰难,还很吃力。其实那只是因为从低谷到顶峰有一段距离是需要攀登的。如果依然感到费劲,感到不如意,那是因为我们还没有抵达顶峰。在抵达之前,至少我们是在走上坡路,这世间哪有不费劲的上坡路呢?

在这之后她换过工作,做过公司前台、宣传企划、电视节目编导,最后的一份工作是网络视频节目的副总监。这期间她被开除过,也主动辞职过,上班要穿越半个北京城,换过三次房子,受过冷眼歧视,挨过主编痛骂,录着节目被路边喝醉酒的流氓地痞殴打到小腿流血,但是那又如何呢?这一切并没有让她倒下。她觉得既然还活着,就应该去战斗。在坚持不下去的时候,她一直跟自己讲,不要低头,不要认输,要用最顽强的姿态抵挡现实的耳光。就这样,在几乎所有人都不看好或看不起她的情况下,她慢慢变得坚强又强大,月薪涨到五位数,工作创意实现了,生活也有条不紊。时至今日,她仍不觉得自己成功了,但也坚持不让自己失败。

时间的推移带来了岁数的增长,同样也带来了升职、加薪,她成了部门领导。她说最要感谢的人就是一直硬着头皮没被打倒的自己,正是因为在几年前无论如何也不服输的坚忍,才让她有了如今什么都不怕的勇气。第二要感谢的则是那些曾经对她冷漠、曾经看轻她的人,正是因为想要证明给那些人看,所以她才会如此顽强努力。

是啊!那些冷漠的人,谢谢你们曾经看轻我。

04

—

姐姐在北京,露宿街头的时候没有哭,被朋友骗得一无所有

那些冷漠的人，
谢谢你们曾经看轻我。

的时候没有哭，被领导骂得狗血喷头的时候没有哭，生病只能自己扛、翻遍电话本没人可以求助的时候没有哭。她从来都只是长长地呼一口气，告诉自己：别折腾了，没用。

她就这样一边自怜，一边横冲直撞，慢慢地为自己的人生杀出一条血路。

你要知道，这个世界上没有人可以不劳而获。

姐姐说，她现在最喜欢放小长假，因为只有假期她才有时间来找我们玩儿，三个人泡在一起慢慢消磨时光，就好像下午温煦的阳光打在猫身上般舒坦。

而遇到我们之前，她不是这样的。国庆长假，姐姐一个人在家，钱包里只剩下三块钱，连买碗炒饭都不够。好死不死，"大姨妈"拜访，肚子疼得那叫一个撕心裂肺。于是满屋子找钱，拿出上衣、裤子一件一件翻口袋，还好姐姐是个过于大条的人，终于从衣服兜里摸出来几十块钱，买了饭吃下，心里才踏实下来。

她说，她真的已经完全不是曾经的自己了。以前的自己没饭吃，矫情病，宁愿饿着哭，而现在的自己宁愿忍着身体的不适也要想办法找出钱来，买了饭填饱肚子；以前的自己喜欢在巨大的音乐声里一边喝酒一边笑，而现在难得的休息日里只喜欢拉上窗帘，最好全世界谁都不要来打扰她，连电脑排气扇的声音都能让她焦虑得心跳加速；以前的自己哭天喊地地说了很多遍要在下个生日前把自己嫁出去，而现在觉得，没有合适的对象，就不要去尝试，只要等待，一定会在将来遇见对的人。

她还记得第一次来北京，当时的行囊只有一个小小的双肩包，她从父母的安乐窝里逃出来，心里满满的新奇与忐忑。那天，她就像没头苍蝇般在西客站转了一个多小时，羞涩得不敢问路，傻瓜般不会看指示牌，只好一遍遍兜圈子。直到来接她的朋友一把抓住她，她噙满泪的眼睛撞上朋友的灿烂笑脸，刹那间产生了安全感。

姐姐说："我不孤单，对吗？有人来接我，有人在找我，对吗？"那种欣喜无法言说。

而现在，一个人出差是家常便饭，拎着行李箱轻车熟路地去车站，没有人接送，就插上耳机让音乐陪伴；逢年过节回不去家，就给自己煮一份速冻水饺或元宵。她用自己的方式不断证明了，其实一个人的日子也是可以过好的。

其实是这样的，出来混的，谁没有个焦头烂额的时候？熬不过去，就不配拥有更好的未来。千万不要觉得自己苦，比我们苦的人多了去了。我们都是这个世界上最真实而渺小的存在。每一个普普通通的人，都应该擦掉眼泪，活得明明白白、实实在在，都应该为了基本的房租，为了逛超市时买东西不用看价钱，为了爱我们的人可以安心，为了有一天能被自己肯定和打动，为了实现不敢说出口的小梦想，努力奋斗。

我常跟她讲，这么多年她一个人单枪匹马闯下来，真是太辛苦了。可是不辛苦能怎么样呢？我们光着身子来到这个世界，每

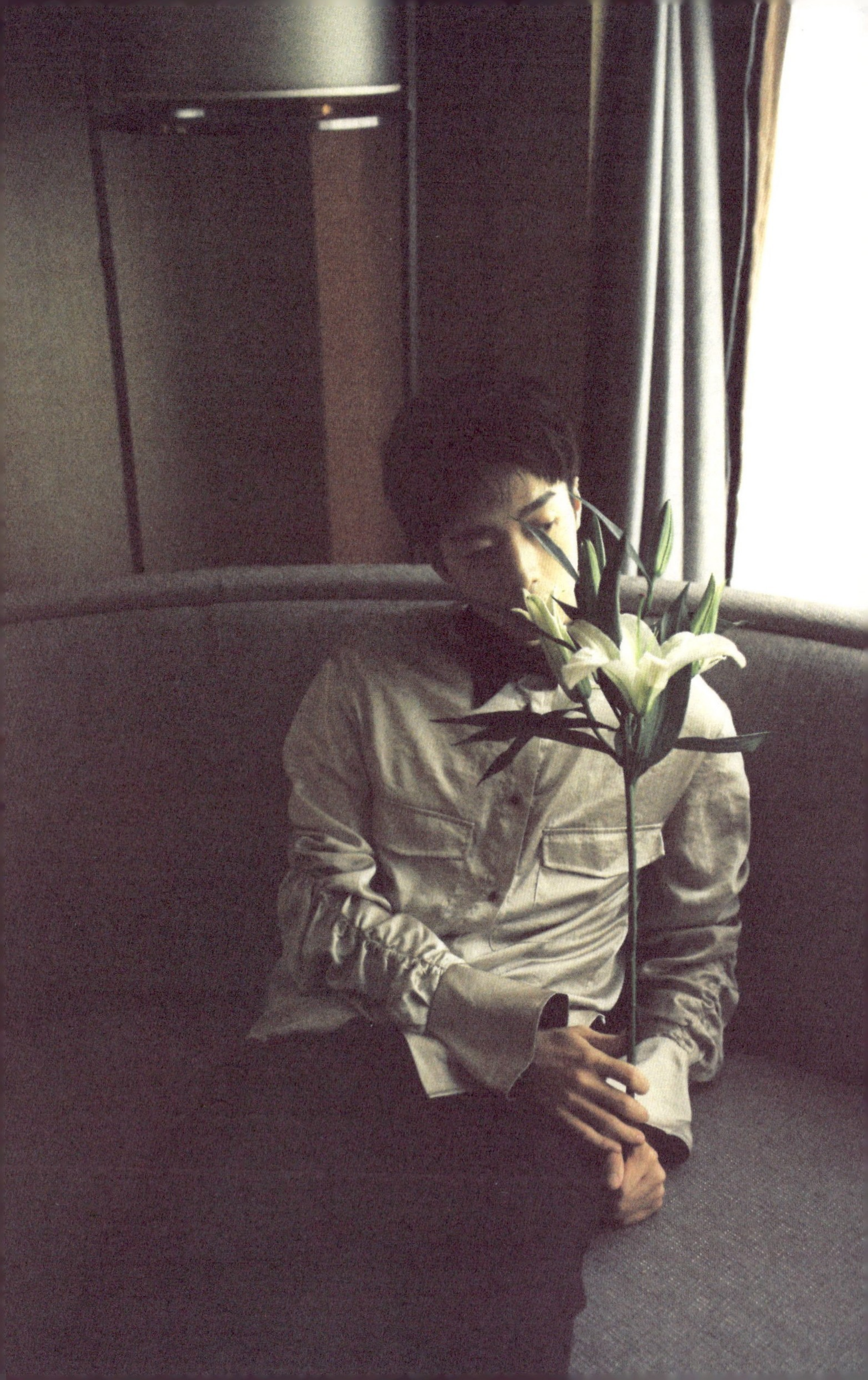

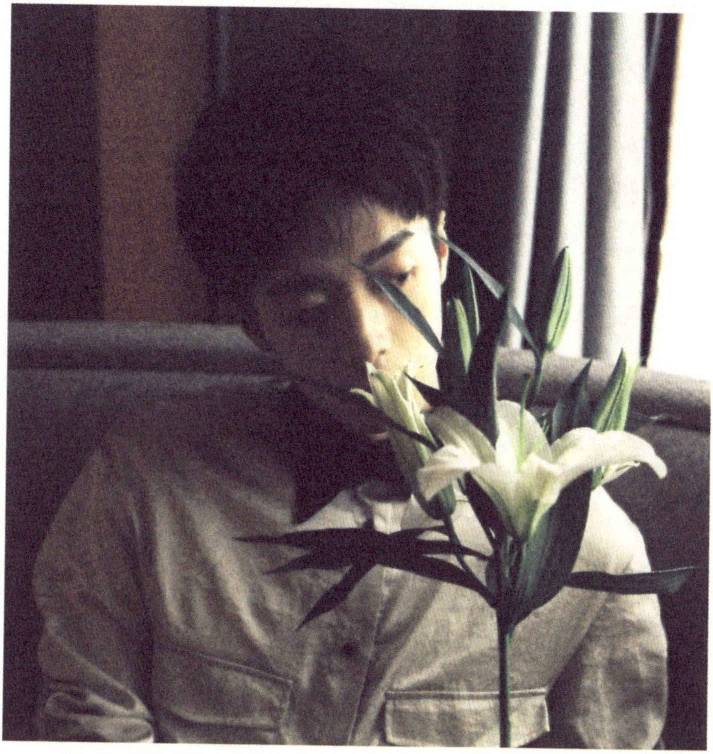

天都在为给自己加上外衣而不断努力,吃一点苦,尝一些甜,低一次头,抬一次头。没有谁的人生不需要奋斗,稳定的生活状态未必代表如意。同样都是过一生,我相信你一定也想过得比别人更畅快,那就努力拼搏吧。今天你流下的汗、淌下的泪,总有一天都会变成脚下的路,让你去到光明那方。

05

我一直这样说,我们每个人都要经过一段隧道,这段隧道可能是漫长的、黑暗的,甚至是充满磨难的,但是一定会有冲出隧道的一天。这个时间对有的人来说可能是一年,对有的人来说可能就是五年。可能对需要一年的人来说是短暂的坎坷,但对需要五年的人来说则是不断折磨。无论如何,总有冲出云霄的那一刻。

你要相信,当你疲惫不堪、人生不如意时,可能正处在这段黑暗的漫长隧道里。你更要相信,当你度过这段灰暗的日子,迎来黎明和曙光的时候,将会对光明有更深刻的认识。

当下的每一种滋味,都值得用心体会。当下是快乐的,你要不管不顾地放肆大笑,享受快乐带来的幸福;当下是苦难的,你要用力感受,记住痛苦的滋味,如果再回到平凡的日子中,你就会去平衡苦乐。

用力爱过，痛过，淋漓尽致过，人生才会圆满。

想到这里，一阵咚咚的敲门声把我打断，一猜就是"力气大如牛"的姐姐来了。她拎着两个白色的塑料袋，头发有点儿乱，脸上有腮红，笑嘻嘻地进来了。她一边进来一边说："看什么看，没见过美少女啊，姐姐我手里这么多东西，不知道接一下啊！"

我连忙把她手里的东西接过来，想起来几分钟前是我给她发的消息："复习很苦，急需美少女解救。"姐姐进来，看见我一副"贵妃醉酒"的姿势在地上躺着，旁边是一堆吃了一半的零食袋，满地散着一张张复习资料，一脸生无可恋的样子。

她说："你这是复习还是服毒呢，怎么看书看出忧郁症了？"

"姐姐，你知道吗，哥哥不理我！"我如此撒娇。

哥哥翻了一个白眼："给他吃东西，切水果，还要听他背诵《道德经》，我还不合格？那我真的伺候不了他。"

于是，姐姐就成了替罪羊，我跟她说："冰箱里有火龙果，你帮我切一下，我尝尝，好不好？"姐姐生气了，把我吼起来，让我去切。我极不情愿地爬起来，对着镜子照了十分钟，自拍了几张照片，然后转过头来问她："对了，我要干啥来着？"

最后，还是要姐姐来继续照顾我这个"脑残"，然后看着我吃水果，听着我背诵《道德经》，这期间她还不能走神，不能玩手机。每隔四十分钟,我给她一个"课间休息",允许她去趟洗手间或者看一眼手机。

当然,课间休息只有十分钟。

这就是我们的日常。

在姐姐面前,哥哥是要面子的,即使他很怕被抓痒痒,也要一本正经地说"我没痒痒肉"。姐姐突然把手伸过来,还没碰到他,他就开始咧嘴大笑。等姐姐停止攻击了,哥哥又一脸严肃冷漠地说:"没错吧,我就说我没痒痒肉吧。"

而我,在姐姐面前从来都是"不要脸"的。迟到了就冲着她一直做鬼脸,这样她很快就被逗笑了;吃完饭就不断地夸她美,这样她一得意就会去埋单;肚子饿了不找妈,找姐姐,想点什么菜就点什么菜。对于一个比你大六岁的"阿姨",绝对不要客气。

当她难过时,我会变成"小棉袄",只要发几个拥抱的表情,她就会很欣慰;她发烧时,去看看她,她的额头好像就会降低好几度;她买了难看的衣服不能退,就一直说其实很好看,这样她会没那么难受了;见她化了妆,不断夸她好看,这样她会变得自信了。

其实我们仨从没想过现在会如此要好。一年前,她是因为要找我们上一档她做实习生的节目而不停地给我们的朋友圈点赞,后来收视率不错,她就请我们吃了顿饭。我们也不知道为什么,就这样你一顿、我一顿地吃到了今天。

姐姐上一次换工作，是为了离我们近一点儿。她放弃了电视台的编导工作，来到了一家过气的网络视频公司，只是因为这家公司离北大仅仅一条街。后来她甚至搬到了离我们住的地方只有十分钟路程的地方，只是为了偶尔在夏天的傍晚，可以和我们一起出来散个步，然后在路边的水果店吃一块冰镇的西瓜。然而，这些我都不知道。原来她喜欢这两个弟弟，为我们付出了这么多。

姐姐这次换工作，来到了我们参与录制的一档去国外旅行的真人秀节目，由于公司总部在南京，她被调到南京工作五个月。临走时，我问她为什么愿意来这家公司，后来隐约回想起来，去年快过年的时候，我们买了炸鸡和可乐，她一边吃一边说："要是有一天能和你们一起去旅行就好了。"

06

—

这阵子她不在身边，在出租车上，总恍惚觉得她还在旁边给我拍照；有时候有人敲门，还会以为又是她拎着大包小包的零食笑嘻嘻地来看我；吃快餐的时候会想起我拿薯条堵她的鼻孔，她拿鸡骨头敲我的脑门儿；买冰激凌时会想到我买的被她摆在一起拍到快要化掉的三个冰激凌；坐车回家的时候会想起她赶地铁呼哧呼哧地跑得满头大汗，就为了和我见上五分钟送个行。

拂晓

姐姐，我会一直记得每次我吐槽抱怨时，你都会教育我向你学习，做一个平和的人，然后我会冷冷地回你："你是挺平的。"

我会一直记得六一儿童节你充满童心地祝我们永远年轻可爱，我客客气气地回你："谢谢，二十九岁的小阿姨。"

我会一直记得我赶课没有吃上饭，你打包了两份肯德基，跑到学校跟我坐在二教楼外，一边聊天一边吃。那天晚上星星特别多，夜空亮得像极了不切实际的童话里的星空。

我会一直记得为了某个问题你跟我争得面红耳赤，然后你扭头背过身去号啕大哭，只要我一安慰你，你就转过来，哭着说都是姐姐不好、姐姐不对。

我会一直记得我失恋时，你整天整夜地在微信、电话里安慰我，甚至比亲妈还担心我会想不开。好像在你单身的这些年里，我的喜怒牵动着你的哀乐，我的感动是你的感动，我失恋，你比我还要难受，因为你一直能感同身受。

我会一直记得爱吃肉的你，在我为保研奋战的时候偷偷跑去许了愿，结果我通过了保研考试，你两年内不再吃肉。你永远都用你认为对的方式，做着我心中的女英雄。

我会一直记得，今年你二十九岁，五年前被渣男前任伤得遍体鳞伤，至今单身。曾经被出轨、受伤害、遭背叛，但你依然是一个相信爱情又渴望爱情的普普通通的女孩。

我会记得北漂这些年，即便生活和现实对你百般折磨，你依然坚忍顽强。所有的困苦磨难都不足以磨灭你的善良和单纯,你依然是一个充满理想主义色彩的简简单单的女孩。

我会一直记得你的种种好,记得你说过,你永远是姐姐。

你相信冰雪会融化,春天会到来,海岸的风吹散思念的歌声,候鸟就在心头盘旋。

你永远是姐姐。

BGM:林俊杰——《天使心》
●当你碰到任何困难　我会守在你身旁
带你越过每一座山
世界总有光明黑暗　至少有我做伴

我一生拥有的兄弟，
不是我变成你锋利的兵刃，
而是永远成为彼此的后盾。

Chapter
D

暖阳

Sunshine

死党

越长大你越会发现,
在乎的圈子越来越小,
这并不是坏事儿,
你只要守护好该守护的人就可以了。
就是这一小撮人,
在你以为会孤立无援的时候,
早已挺身而出站在你面前了。

苑子文

01
—

有的朋友就像热水袋,没有体温的传感,很快就冷了。有的朋友像电热毯,躺在上面久了会上火。而我想要的朋友,应该像一床厚厚的棉被,有着实实在在的分量——裹得紧紧的,不担心被我踢开,凌晨睡眼惺忪地起来,发现它委屈地蜷缩在床脚,二话不说就能一把把它扯回来。

我有一群死党,在高中每天埋头苦读生怕考试被别人超过一分的压抑气氛里,我们是彼此的出口和解药,上课传字条写小说,考试前给对方押题复习,分享家长送来的晚饭……

今年是我们混在一起的第七个年头。

七年了,突然发觉时间快得可怕,这七年里我们都经历了什么?成为自己想要成为的人了吗?有没有人在小群体里慢慢被疏远?写下这篇文章时,是一个安静得能听见秒针走动的下午。我从储藏间里翻出来高中时代所剩无几的学习资料,开始回忆那段渐行渐远的时光。

"90后"是以个性为标签的一代,很多时候我发现,身边的朋友对待同一个事件的评判标准和得出的结论大相径庭,所以很难用几个关键词归结他们某些特征或一致的喜好。但有一件事是可以肯定的,那就是每个人都有一段刻骨铭心的青春,时而沉在心里，时而又挂在嘴边。

不管是动心的美好，还是暗恋的遗憾，抑或是曾经的挚友形同陌路的痛苦，甚至是风平浪静的"五好"少年，我们每个人都会固执地认为，自己有一段特别了不起的青春。

考上北大之后，我开始有了一批读者和粉丝，见识了更广阔的世界。生活看起来光鲜自在，没有坎坷。但对我来说，真正的青春，远不是年少成名所享受的光景，而是那闷热潮湿的海边小城里，电扇飞快地旋转生风，吹起成堆的试卷边角，一天又一天重复的日子。

02

一

我高中三年有一个特别要好的朋友，就是上一本书中提到的负能量小姐。我们相遇的场景耐人寻味，用她的话说："我们当年真的不是在拍偶像剧吗？"

那是高中文理分班后开学的第一天，我刚找到新教室，后背就被猛拍了一下，转过身还未站稳，以前班里关系很好的女生朋友一下子就抱住了我，号啕大哭。一脸茫然的我顾不上问她发生了什么，只是轻轻地拍着她安慰道，没事的，没事的。后来的后来，我有一次回忆往事时问起她，才得知那次她流泪是为了什么。

十六岁的男生女生因分到了新的班级，失去了和曾经的好朋友继续在一起玩耍的权利，这简直是一个天大的惩罚。而那天安安静静站在她身后，拿着一个很素的布袋，有着利落的棕色短发的女生，就是静。

后来静说，她站在后面目睹了一切，然后心里思量着，原来这就是传说中的苑子文呀。

我和静在见面前，已经从各种渠道听说过彼此。学生会主席，文学社社长，考试范文的固定人选……我们都对彼此有一个模糊的想象，却未曾想过以这样的方式见面。

就像一切都被安排好了似的，静就这样突然闯进了我的世界。我们都喜欢写作，是当时语文考试范文的常驻人选。那些年傻乎乎的，读着郭敬明绚烂的文字，参加《新概念》比赛，幻想自己有一天也能成为一个了不起的人物，于是开始胆战心惊地在上课时偷偷写小说。

我们还给自己起了笔名。她叫苏浅，宿命论者的她认为很多幸福都薄浅，不必言语太多；弟弟叫石维，表面上嬉皮笑脸的他其实在创作时是忧郁的；我叫左屿，当时我和弟弟是同桌，我坐在他的左边，并希望能像一座孤独沉默的岛屿，不管何时，在他的左右。

人们都说，灵魂相近的人，都会靠着气息遇见彼此，我们大抵就是如此吧。

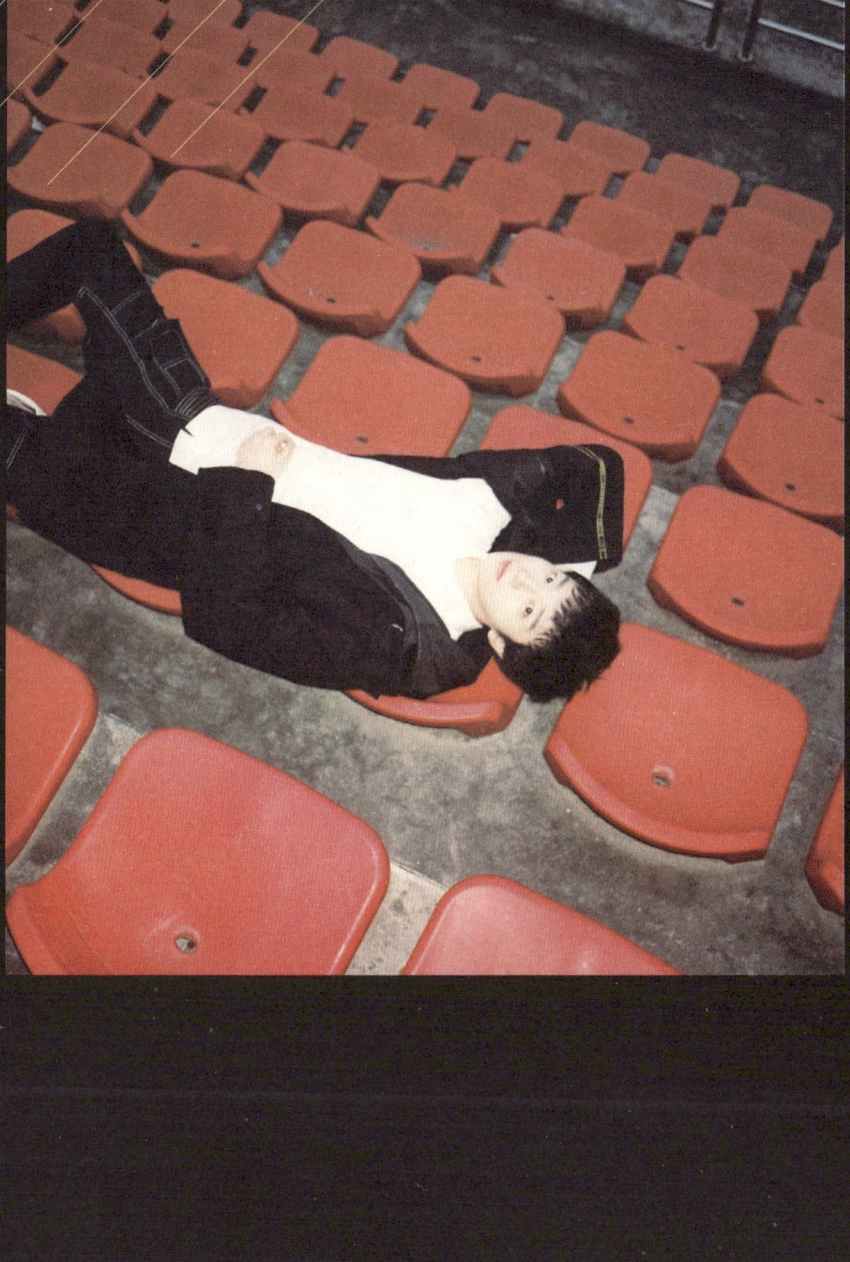

BE

TOGETHER

在周杰伦影响着一代人青春的那个年代，我们喜欢听他唱不清歌词的歌，喜欢看小众的文艺电影。

我们给无数个作文大赛投稿。带着犹如火焰般熊熊燃烧的梦想，在零花钱还不多的学生时代，把用来买辅导书的钱偷偷存起来，将自己的作品复印成册，打扮得精致而漂亮，像寄出一封情书一样小心翼翼地贴上邮票，投进邮筒，郑重其事，满怀期待。

第一年比赛公布入围名单的时候，我们都遗憾落选。于是，学着书里的主人公，买了几罐啤酒，费了半天劲儿爬上学校的天台，边喝边感慨，原来酒精的味道是这么差劲啊。

第二年我们总结了失败的教训，又一次参加了比赛。在忐忑焦虑了两个月以后，我托同学买来最新一期的《萌芽》，三个人面面相觑，却没人敢翻开。

一番"石头、剪刀、布"后，输了的我开始拆封。

"喂！"

当看到"苏浅"的名字醒目地列在名单上时，我回过头大声地叫了弟弟和静，三个人都激动得说不出话，只是互相推搡着，差点儿掉眼泪。尽管没有我和弟弟的名字，但没人难过和遗憾。我们紧锣密鼓地帮她筹划下一轮写什么主题，翻开所有手稿搜集我写过的所有好片段送给她，给她平日的写作风格提建议。

然而，高中时期的故事总是不能顺利地Happy Ending。那是一场秋雨后的清晨，在得知入围者需要去南方集训参加下一轮比赛后，我们变得清醒而理智。此刻距离高考仅剩不到十个月的时间，我们心里很清楚，作为实验班的乖学生、冲刺重点大学的尖子生，作为老师家长眼中的好学生，我们是没有任何机会离开学校半步的。

没人再为此多说一句，只是看着静偷偷地藏起所有杂志和手稿，用袖子擦了擦眼角，然后继续打开试题册学习。那天放学后我们几个又一次买了啤酒，费劲地爬上天台，不同的是，这次觉得酒不那么难喝了。

高中像一个巨大又华丽的牢笼，我们迫不及待地想逃出去看看外面的世界，却又苟延残喘地在其中匍匐而行。因为大人总说，这个牢笼能给我们带来太多的东西。

上了高三，我们慢慢停笔，不再看青春小说，唯一的消遣就是幻想了。只不过，在每次幻想毕业后去哪里旅行，要减肥，要买好看的衣服，要勇敢地和喜欢的人在一起之后，我们又踏踏实实地回归现实，继续画好下一条辅助线，背完几个难啃的知识点……

当然，和我们有着一样处境和想法的人，还有成哥和老宋。

03

一

成哥是我高中时代最好的哥们儿，我们就跟亲兄弟一样。他家就住我家隔壁，每天一起上学下学，我帮他出谋划策追女生，他一板一眼地帮我补历史。说到补历史，全班数他最有发言权了。虽然成哥在实验班里成绩不是最靠前的，但历史知识懂得最多，多到我总觉得他的人生要和历史挂钩一辈子。

说起历史的厚重，成哥也很传统，历史不会骗人，成哥也很是耿直。我们给他谋划的千奇百怪的恋爱策略，他一个都不选，考试前突击的方法，他一概不用，就连平时我们小帮派里谁有个陋习或耍了小聪明，他都要很正经地指出来。

前些天我跟他说："我的书要拍电影了，剧本怎么写才好呢？"

成哥回给我的微信是："子文，我一直觉得只有你俩才能拍出真正属于"90后"精气神儿的东西。但我建议再等等，我们现在都太年轻了，领悟的东西太浅，等过个几年，你再回忆起来，那才有滋味啊。"

我都能想象出他说这番话时一丝不苟的样子，我回复："成哥，等不得，现在是一个IP市场，过几年我的书不畅销了，谁还来拍啊！"

成哥听完沉默了。

我赶紧又跟了一条："好好，我一定会好好沉淀沉淀再拍，你放心。"

"成，我到时给你俩加油！"他紧绷的神经这才松了下来。

大三那年，我们都要面对毕业的分水岭，同学们要出国的出国、要工作的工作，成哥执意要考研，而作为兄弟，我是不建议他继续读书的。我总觉得他更适合到社会上闯荡，因为原本本科专业就受考试分数的限制而做了退一步选择，若大学毕业后再不知道自己真正热爱的事业是什么，那就是真的过错。

我一直对身边的人说，我们出国也好，读书也好，工作也罢，最重要的是要把自己放在一个热爱的环境中，慢慢靠近自己热爱的事业，这样才不会后悔。

考研前的秋天，我们在咖啡馆约见了一次。当时见到成哥时，突然心酸得不行。他比高考那年更瘦了，显然是考研的压力不小。但是，他还是努力地挤出了笑容，尽管从那微笑里我看到了太多无助。

我们捧着咖啡简单寒暄之后，我便丝毫不留情面地把考研的利弊长短明明白白地分析了一遍，成哥哑然失惊。显然，长期处于紧张复习状态下的他，接收到不同的观点，有点恍然。

"子文，给我几天时间，让我好好想想吧。"他只留下这一句，然后背上不知道几公斤重的书包回学校了。

几天后，成哥给我发了信息，他决定面对自己的内心，不考研了，这就着手找工作。

成哥找到工作之后，我便每天看他的"实习日记"。说起来我是一个不太会网络社交的人，所以对大多数朋友的朋友圈都只是一扫而过，但成哥那上千字的实习日记，我看得很用心。有时候我会觉得，他就像有着另一个性格的我，对这个社会满心期待，对不公感到失望，对形形色色的人有自己不变的评判标准，对待光怪陆离的世界有自己独守的原则。他也懂得了收起自己的"怪"脾气，用专业的态度打理人际关系，不慌不忙地经营世俗生活。就在如此反复打磨自己棱角的过程中，他慢慢地发现了自己是谁，要成为什么样的人。

我想，大多数人都是如此——总是不能轻易得到自己想要的，在从学校走向社会的路上，每一步都走得小心翼翼。你仍有一腔热血，路见不平会拔刀相助，只不过你学会了保护自己，也明白了怎样才是保护别人。

04

说到如何保护别人，如何成熟地为人处世，就不得不提一下老宋了。

老宋是我见过的最会交朋友的人，为人大气、和善而亲切，她总是对每个人都全心照顾。高中时我是不太喜欢她的，我们之间的交集大多停留在她对我笑、我也对她笑的礼貌回应。那时候很幼稚，总觉得对我好和对别人好本是冲突的，是一个矛盾体，你若把所有人都当成好朋友，便没有人把你当成好朋友。

高三时，大家只顾着学习备考，不好好参加歌唱排练，然后拿了"红歌比赛"很差的名次又有些扫兴时，我的态度就是——活该。因为那个时候，我始终认为这个世界上没有不付出就能得到好结果的事。退一万步讲，如果真的能得到，那个人为什么会是你呢？

然而，在这个当口，作为班干部的老宋自发地站到讲台上，向大家道歉，说自己没有做好，然后深鞠了一躬。

那一刹那，我的内心很是惊讶。

她后来又在讲台上说了很多，非常激动，甚至微微地躬下身子握住讲台的桌角，有些力不从心的样子。我看着她那样落寞，竟然有些莫名心疼，但心里依然有声音在吐槽，她都是为了让别

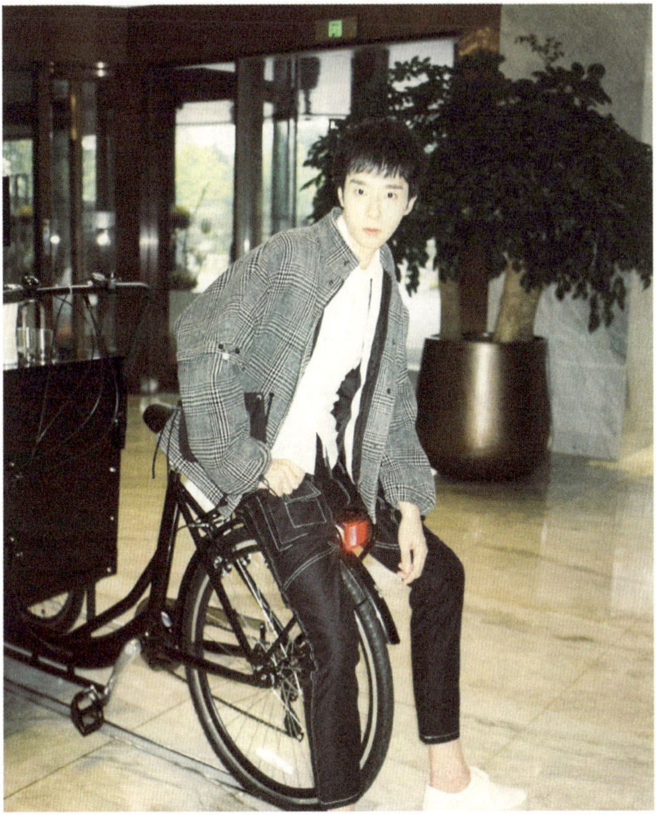

人们都说，灵魂相近的人，
都会靠着气息遇见彼此。

人开心，才把自己搞得这么累的。

后来念了大学，留在北京的同学不多，好友圈范围越缩越小，反而和老宋的交集越来越多。

我的第一本新书签售，她从昌平一路往南，赶了两个多小时的车。见到她的时候我有些惊讶，觉得这个朋友还挺有心的。第二本书出版，她又从天津赶过来，当时在实习期，还请了假。我说她不用专程赶过来啊，她说出书对我来说是件大事儿，他们这帮人当然要来。这回我开始重新打量站在我面前的这个女孩，她的真诚真让人感动。再后来我在北京安家，她第一个买了花送过来；我失恋，不能喝酒的她就陪我聊了个通宵。我一直问自己，为什么会有这样性格的朋友？

她说："我们每天已经很辛苦了，为什么不让身边的人快乐呢？我希望所有人都能得到快乐，哪怕我能给予的不多。"

老宋是我见过的最纯善的人，她习惯替别人考虑周全，她让我相信，这个世界上还是好人多。我们对周围的人做件好事、留个笑脸，也许就能碰到更多的好人，结下来往不辍的善缘。

因果三世，循环不失，仁心往来，如沐春风。

我一直觉得自己很幸运，成功考上了自己梦想的大学，还实现了出书的愿望，后来创业、上了电视，好像一切都顺风顺水。与此同时，我也有烦恼，身边的真心朋友越来越少，有人觉得不公平，有人嫉妒我，于是，诸如花钱上北大、考试挂科、有幕后团队炒作等流言在我的"好朋友"口中出现了。

不知道在你的生活里,有没有被所谓的"朋友"诋毁过、出卖过、伤害过,或者被默默地讨厌过。人和人之间情深缘浅,有些人走着走着就散了,昔日说要永远相守的闺密、情同手足的兄弟,都会因为自己的成长、社会的淘洗和价值观的变化而逐渐产生距离,有时表面上一团和气,内心早已翻了无数个白眼。

05

每当这时,我就格外想念我这群死党。他们会突然出现在我的新书签售会上,捧着大麦,买书,假装粉丝让我签个名;他们会坐很久的车,出现在我家楼下,给我过一个自己差点儿都忘记的生日;他们会接受不完美的我,在他们眼里,我就是那个会犯错、会出糗、会不讲道理霸占他们的朋友。

我永远都记得,我嘲笑他们跟我说的那句绕口又矫情的话——你好就好。

以前总想和每个人都成为朋友,留住身边的每个人,后来发现,不管是从小玩到大的伙伴,还是新认识的朋友,都不知道将来彼此的关系会怎样,所以,不必强求。愿意在你最不堪时陪着你的人,愿意和你一起渡过难关的人,愿意泼冷水让你清醒的人,你赶

心甘情愿比什么都重要，
也比什么都来得长久。

都赶不走，而那些只会说天长地久的人，你也根本不必留。

心甘情愿比什么都重要，也比什么都来得长久。

朋友固然重要，但不要把太多的时间浪费在交朋友上。因为不是所有的人都会在你有需要的时候站出来帮助你，甚至很多蜻蜓点水般的感情还会给你带来困扰。越长大你越会发现，在乎的圈子越来越小，这并不是件坏事儿，你只要守护好该守护的人就可以了。就是这一小撮人，在你以为孤立无援的时候，早已挺身而出站在你面前了。

此时此刻，我和死党们正打着群聊电话，六个人聊着完全不一样的话题。这边刚说完毕业旅行的目的地，那边就聊起了最近喜欢的明星，乱成一片，谁也不顾谁。于是，我们各自提高音量，最后几乎是吼着说话，然后不约而同地哈哈大笑起来。

我们真的都长大了，尽管我们都已不再是那年那群穿着校服的傻乎乎的少年了，但电话里的笑声还是像以前一样放肆和熟悉。

> ▶ BGM：林俊杰——《关键词》
> ●有一种踏实　是你心中有我名字

她永远默默在我身后

小孩眺望远方，成人怀念故乡。我们从挣扎着松绑到思念着投降，大概就是成长。

苑子豪

01

—

今日除夕,凌晨四点多被妈妈喊起来,穿上厚厚的超过膝盖的羽绒服,戴了顶温暖厚实的毛线帽子,双手揣在口袋里,下意识地把下巴往下一埋,藏在衣服的领子里。

出门的时候外面很凉,天色是黑的,空气是薄的,树木是秃的,有着一切北方隆冬该有的样子。在车窗上哈一口气,很快就有雾气笼罩上来。我是喜欢在玻璃窗上写字的,虽然字很快就会随着车内气温逐渐升高而消失。

就在字迹消失的那一刹那,我幼稚并理所当然地认为是许下的愿望要实现了,连忙翘着嘴角念叨着:会实现的,会实现的。

逢年许愿,我都会一直思忖,绞尽脑汁想找一个保佑愿望得以实现的寄托之地,说服自己,哄着自己可以踏实安心。我是一个唯物主义的无神论者,可我总相信冥冥之中有一些人,可以穿越生老病死和时光空间,默默来到我身边,给我无穷的力量,或一个轻轻的拥抱。

有邪和无邪,本就是一本难懂的经。

凌晨四点半,一家人驱车回老家,上坟祭祖。

老家坐落在小城周边，是一个县城下面的小村落，小到它的名字只能从村头立的那块石碑上找到。

石碑饱经风雨，字迹却鲜有风霜雨雪侵蚀的痕迹，上面赫然刻着几个大字：南艾头。石碑灰褐为底，朱字为心，面朝村口，背向树林深处的人家。

记忆里，回老家是要以城市楼宇为起点的。一路向南，渐渐开到人烟稀少的大道上，大道两侧是北方常见的高大杨树，笔直挺拔。再往前开，便是县城。县城有不同于城市的热闹，偶尔遇到集市，杂货五花八门，赶集的人把四面八方的路堵得水泄不通。县城少有高楼大厦，更为确切地说，是几乎没有。偶尔看到一家工厂，在重重迷雾中，炼钢炼铁。

凡是厂子，都会在厂头高处插一面红旗。老人家说，你数着红旗，数到第五十八面的时候，就到家了。

然而我多数时候是难以数清的，坐在疾驰的汽车上，周边的建筑都会变得模糊，早已不是当年老人家骑个自行车，边卖力蹬车边数旗子的悠悠岁月了。

我猜想，老人家费力地蹬着自行车，但也该是面带笑容的，因为每数一面旗子，就离家又近了一些。就这样蹬着车子，一步一步，慢慢到了家，也慢慢熬过了那些静默的岁月。

坐在车上的我因为路途颠簸无聊，摇摇晃晃，很快就入睡了。

一个刹车，妈妈回头唤我，到了。

02

一

两侧的空地栽了些许树木，到了冬天也是光秃秃的。停车的小道是一条土路，崎岖不平，窄到只能通行一辆汽车，掉头需要开到远处的分岔口。天蒙蒙亮，天空有着暗暗的深蓝色。

树枝交叉，四向而生。

车子左侧已经聚集了不少人，那些人该是我的亲戚吧。

从车上下来，妈妈说外面冷，又给我加了一件大衣。确实冷，北方的冬季遇到寒潮，冷空气可以把人的脸冻得通红。

我跺了跺脚，抖擞了一下精神，便朝着人群走去了。

残枝败叶在黄土地里腐烂，踩上去软软的，有着干枯的不知道是什么植物留下的枝干，可以把脚缠住。

我加快步伐，一路小跑过去。

一束火光升起，火花飞溅，熊熊烈火在空气中燃烧，浓密的熏烟升起，黑色的灰烬在空中缓缓飘散。

是在烧纸，祭祖，祈愿他们在另一个时空过得富足，这是子孙后辈的心意。

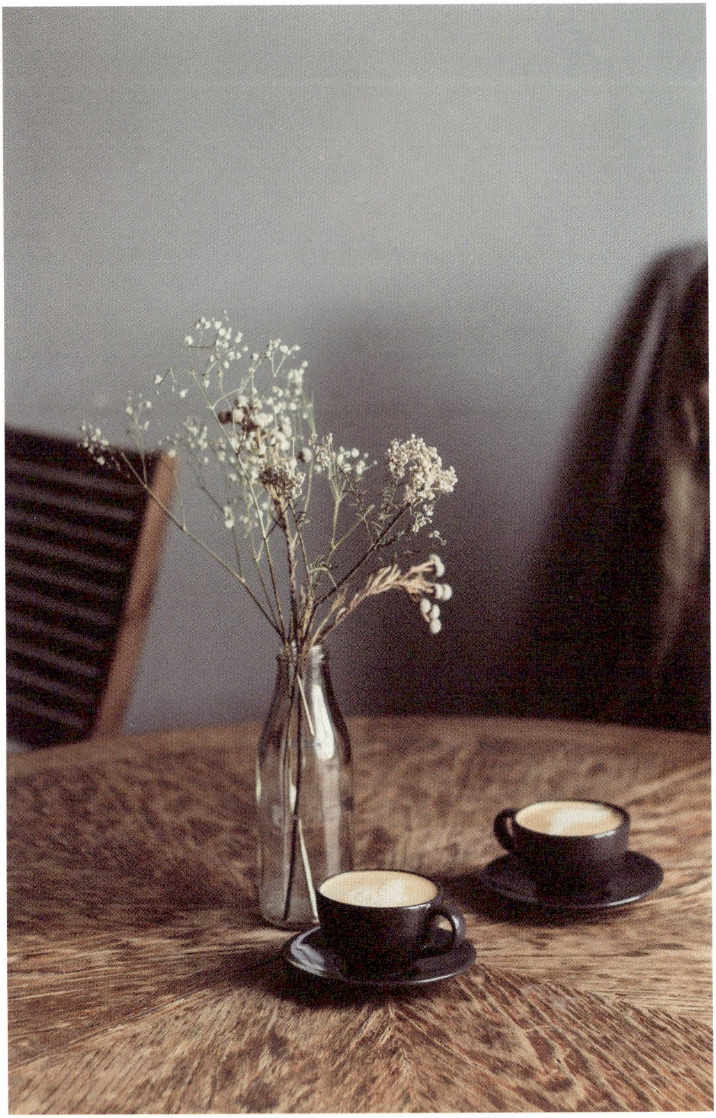

爷爷把我喊过去，递给我一根木棒，让我在火堆里搅弄，把那些没有充分燃烧的纸钱拨到火花中，嘴里念叨着："老祖宗，给您送钱来了。"

我走到祖宗的坟墓前，双手合十，虔诚祈祷，感谢我能作为他们的后代来到这个世界，祈愿今生今世平安如意。

再回到这片土地上，不知道是多少年以后了，可当我看到火花升起燃烧的时候，内心依旧有丝丝的暖流。爷爷一一向我介绍老人们，大多数是我不认识的，小时候来了见过一面的，现在也差不多都忘记了。然而，当我看到长辈们跪在祖宗坟前叩拜时，我知道我的根就在这里。

永远感恩，永远热泪盈眶，永远相信生命和爱的力量。

叩拜完毕，我站起身来，爷爷领着我和哥哥向亲戚们问好。爷爷有兄弟十人，他排行老大，我从三爷开始，一直认到十爷。他们穿着不一，有的戴着厚重的军帽，穿着厚厚的大衣，操着口音问我还记不记得他们；有的干脆伸出手握住我的手，说要常回来看看。看着老人粗糙干裂的手，我知道他们在这里过得并不好。

其实在爷爷离开老家去城市之前，他们一家子都是生活在这里的。

03

一

爷爷的爷爷在1949年以前是大户人家，也就是那时候的财主，居住在天津。逢年过节老爷子都会让家里人舍粥，在家门口的路上摆上几锅粥，乞讨的乞丐、落魄的流浪者、家破人亡的孤寡或条件艰辛的妇孺，都会拿着碗来讨口白粥喝。老爷子重家教、礼数，因此爷爷从小就读私塾，饱读诗书。

后来家族慢慢衰落，爷爷随着老爷子回到现在的老家，居住于此。一家人和老爷子的其他弟兄，一起在这片土地上劳作打拼。

爷爷和奶奶就是在那时候相识的。

很可惜，爷爷奶奶的婚姻不是源于爱情。奶奶在另一个村子里长大，到了嫁人的年纪都没上过学。但奶奶是个要强的女人，没识几个字的她读了夜校，白天在家里认真干活儿，做家务、干农活、车间生产、工厂打工，她全都很熟练，晚上就背着自己缝的布包跑到夜校去学习。

两家人经过红娘的介绍相识、结婚。就好像这个村子里有个不错的男人，那个村子里有个不错的女人，于是他们就结婚了。

奶奶说，结婚那天，爷爷家里都没有派人去接亲。她跟着自己家里的一个亲戚,走了很远的路,来到爷爷家,这就算嫁过来了。

起初奶奶一直觉得爷爷看不上她,因为她没有文化,不懂诗书,和爷爷根本不在一个世界里,所以很少有话题可聊。唯一印象深刻的事情便是1976年唐山大地震,家里有巨大的震感,爷爷奶奶裹着被单慌慌张张地冲出房间跑到院子里,随后奶奶奋不顾身地冲进爸爸和姑姑的房间,一手一个把他们给抱了出来。

那天晚上,爷爷奶奶背对背坐着,在院子里坐了很久。

爷爷忽然皱着眉头,转过头来问她:"要是进孩子屋子的那一刹那,房子塌了,你被砸死在里面可怎么办?"

奶奶低着头没有说话,摇着在她怀里熟睡的爸爸,姑姑在一旁眨着眼睛揪着她的衣服,月光皎洁,夜空中有很亮的星。

后来有了机会,爷爷由于工作原因被调到了市里。他们带着三个孩子来到市区,在这边安家。

爷爷奶奶现在还一直住在当初来到市里时单位分的那套房子里,居住面积不到五十平方米,厨房小到站两个人就会显得很拥挤。

今年他们要搬家了,奶奶说她很舍不得。最早的那批邻居已经陆陆续续搬到别的新建的小区了,等他们这户搬走,这个单元就彻底成为历史了。

我从小就住在这里,跟爷爷睡在一张大床上。为了防止我和

暖 阳

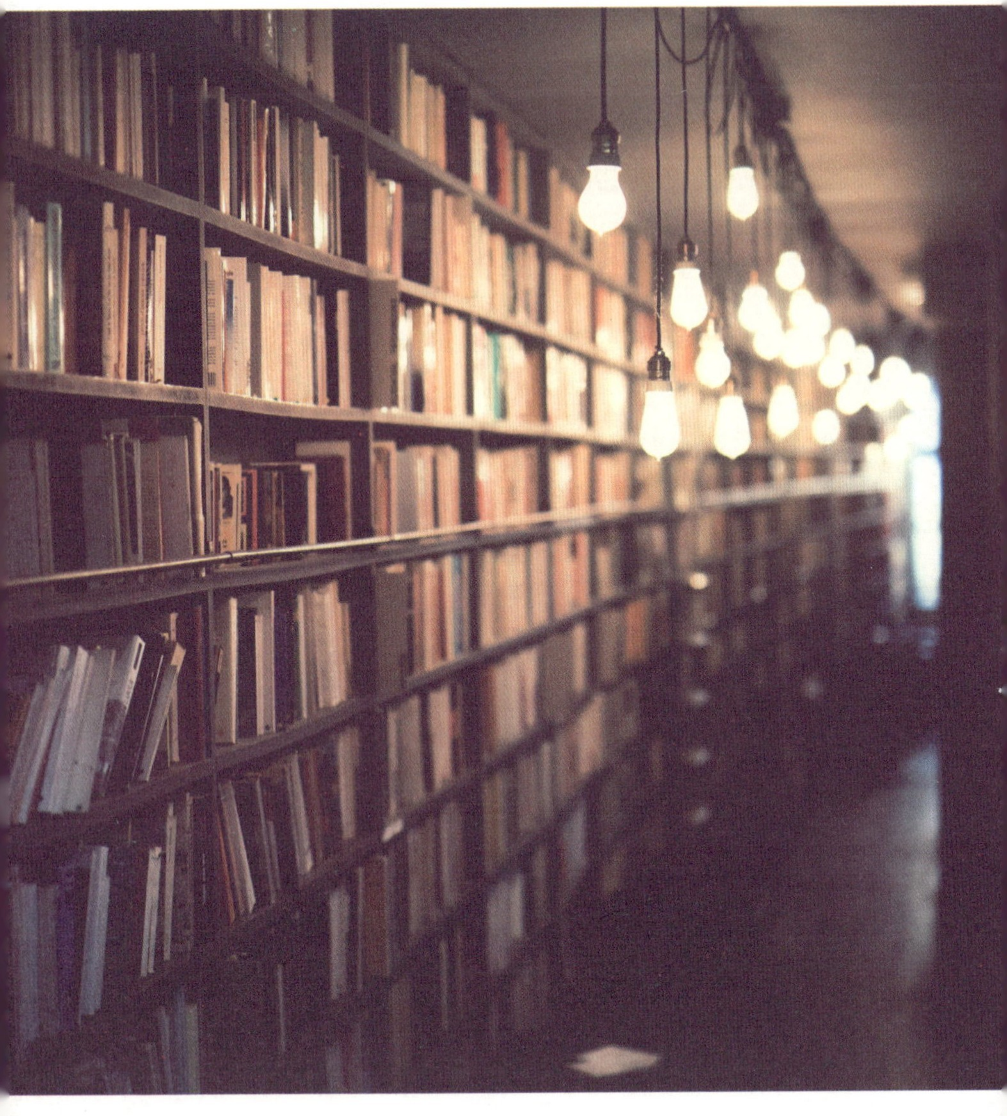

哥哥半夜打架，爷爷睡中间，我和哥哥各睡一边。即便这样，我们也会隔着爷爷打斗，直到我哇的一声号啕大哭吵醒了爷爷，爷爷才知道哥哥又打我了。

那间房的墙壁上有一块块的黑色印子。爷爷说，那是我们小时候留下的，脏兮兮的手没洗，就在床上打来打去，不留神就会在墙上留下痕迹。第一张床被淘气的我们蹦塌，弹簧折断，所以才换了这张硬邦邦的怎么踩都不会坏的木板床。

小时候，家里有一个小柜子，深褐色，不大，正方形，奶奶总在里面藏糖果。我和哥哥谁表现好，谁把饭菜吃得干净，奶奶就会偷偷地从柜子里拿出一块糖果奖励谁。那时候的糖果很甜，我爱吃三色糖，红色的草莓味，绿色的苹果味，黄色的柠檬味，酸酸甜甜，回味起来舌头生津。

后来我发现了这个柜子的奥秘，便自己偷偷地去拿糖果吃。因为正方形的小柜子放在一个高柜子上，以我那时候的个子是够不到的，于是哥哥推着我爬到桌子上，然后我再爬到柜子上，努力伸手就可以够到藏着糖果的柜子了。

有次偷吃糖果不小心，打碎了一个玻璃碗，气得奶奶打了我们一顿，屁股被打得火辣辣、麻酥酥的。我疼得不由自主地号啕大哭，至今都记得。

奶奶不许我们偷东西，她说糖果是要靠自己努力表现挣得的。

直到今天我都还记得奶奶给我们洗脚，打两盆水，先把一个人的脚丫放在一个盆里，她蹲在地上，洗完一个人的再洗另一个人的。我通常都是第一个洗的，等奶奶蹲在哥哥那边时，我都会拿脚撩水，撩得满地都是，然后屁股又会挨一顿打。

对于捣乱，我乐此不疲，毕竟恶作剧是小孩子最好的伙伴。

04

奶奶怕热，夏天照顾我们很是辛苦，淘气的我俩在床上打斗，很难睡着，所以她老人家每次都是千辛万苦、费尽心力把我们哄睡着后，再去洗衣服、擦地、收拾房间。等这一切都做完了，她会跑到厕所里，背靠着几根竖立的铁制下水管，享受片刻清凉。水在粗大冰凉的管道里从上往下哗哗地流着，就好像她的心跳一样。

奶奶怕热是出了名的，然而那时候她还坚持要送我们上学。男孩很小就有自尊心和虚荣心，总觉得不让家长送去上学是一件很有男子汉气概的事情。所以，只要一出门，我和哥哥就开始飞奔。奶奶在身后追，追到了她就左右手各牵住一个，不许我们在马路上跑。后来我们达成一致，奶奶在离我们一百米远的地方跟着,我们不离开她的视线,她不跟在我们身边。我们就这样被她盯着,"斗智斗勇"地去上学。

后来听说,那阵子小区院里有户人家,孩子在上学路上被摩托车撞了,虽然没有生命危险,可也拉到医院缝了几十针。后来还听说,那阵子奶奶看见我们在马路上乱跑,心脏就紧张得扑通扑通直跳。那个夏天,她走在路上,更爱出汗了。

奶奶是事无巨细的"管家婆",小时候爸妈工作忙,没时间给我们做饭,工作日我们就住在爷爷奶奶家,周末才回去跟爸妈生活。她不只做饭和照顾我们起居,还管我们的学习和做人。

奶奶精力旺盛,我们学习时她就坐在旁边盯着,一会儿提示我驼背,一会儿提示哥哥拿笔的姿势不对。有时候她困得不行了,坐着就睡着了,然后被我和哥哥的笑声吵醒,就又起身打热水准备给我们洗澡。

小区里有个比我们小几岁的弟弟特别喜欢跟我俩踢足球,有一次睡完午觉后,我们三个在小区的门洞里一起玩。那时候的零食五毛钱一包,里面还有各种各样的卡片,有人物角色的,有纸牌的,还有抽奖的。我运气好,摸到了一张两块钱的奖券,两块钱对于那时候的我们来说是一笔不小的数目了。我拿着奖券欢呼雀跃,旁边的小弟弟郁闷得直掉眼泪。奶奶看见了,急忙把我的奖券夺走,给了小弟弟,安慰小弟弟说那其实是他的,是我错拿了。

小孩儿好骗,小弟弟得意扬扬地认为自己中了大奖,但是从

BE

TOGETHER

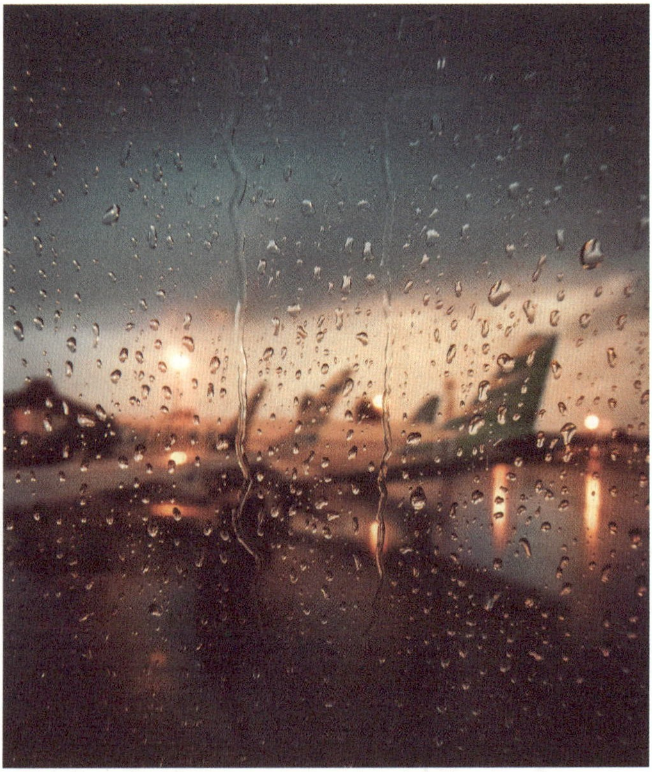

小就机灵的我可没那么好骗,我知道奶奶又耍了花招。我气得不行,认为她不喜欢我,说她一定是别人家的奶奶。后来她教育我说,两块钱是小事儿,懂得谦让和关怀别人才是无价的收获。

小时候的电视节目只有三种,一种是大人一定要看的《新闻联播》,一种是男孩最爱看的武侠大片《倚天屠龙记》和《小鱼儿与花无缺》,再有一种,便是《数码宝贝》和《美少女战士》了。仔细想想,除了这些,还有一个神奇的电视剧一直在我们的童年里存在着——《还珠格格》。

《还珠格格》里有一个让我印象深刻的角色,我最怕她,那就是容嬷嬷。我一想到她,就会觉得自己浑身像是被扎了针一样。那时候,我觉得我的奶奶就是现实版的容嬷嬷。

她管起人来很凶,我犯了错误,说了谎话,打碎了家里的碗,她都会严厉地批评我,我要是顶撞她,屁股就会挨一顿打。我放学贪玩没有按时回家,撒谎说老师拖堂,她识破了会教训我;吃饭不顾他人,只知道自己吃喜欢的饭菜,她会教训我;出了门见了小区里的爷爷奶奶,不客客气气地打招呼,她会教训我。总之,哪里做得稍微不对了,她都会教训我。

所以,我那时候就偷偷管她叫容嬷嬷,然后看着《还珠格格》里面容嬷嬷挨打时,我会打心眼里幸灾乐祸,开怀大笑。

后来我知道,谎话说多了人心会变质,不顾及别人会变得自私,不懂礼貌就无法赢得相应的尊重。她教育我的每一点,在我长大以后都像金子一样闪闪发光，指引着我变成更好的自己。

奶奶是真的爱我的。

奶奶家的条件并不是很好，但是她从来不会吝惜在我身上花钱。我喜欢看的书，她咬着牙买下来；我爱吃水果，她隔两天就去早市上讨价还价买水果。

要知道小时候的幸福很简单，就是奶奶洗好一盘新鲜红艳的草莓，再摆上一小碟白砂糖，拿草莓蘸着白糖，酸甜的滋味可以化到心里去。那时候还没有什么白雪草莓、红颜草莓，或者是现在那种非常大的咬下去甜得牙疼的进口草莓，她买来的都是普普通通、其貌不扬的小草莓，但是蘸着白糖吃上两颗，就会觉得自己是幸福的。

奶奶是不吃草莓的，准确地说，她不吃我们爱吃的东西。我们不爱吃的或者吃剩下的，奶奶才拾起来吃掉。吃饭的时候，她会故意先去收拾厨房，等我们吃完了，她再坐下来，把米饭倒在菜底儿里，搅拌一下吃掉，另一个菜底儿，倒上热水，就当菜汤喝掉。

直到今天，家里富裕一些了，奶奶还是有做完饭在厨房收拾个不停和拿开水冲菜底儿喝的习惯。每到这时，我总会喊她："奶奶，快来吃饭啦，吃完了我帮您收拾。"

我的奶奶就是这样的一个老太太，热心肠，朴实善良。她见到路边的残疾人，总会掏出几块钱，塞给人家。而自己，拎着在早市上讨价还价买来的菜，走很远的路回家。

  奶奶不识几个字，但她有自己的文化。她有着一套独特的处世之道，邻里关系处得好，逢年过节都会有邻居来串门，你送我家一锅刚出锅的豆沙包，我送你家一碗炖得熟烂香浓的五花肉，一来一往中，完成了"人"字互相支撑的文字架构。

  楼下的人家停水了，一把年纪的奶奶会端着几大盆打好的水，摇摇晃晃给人家送去；楼上的人家做饭用的煤气没了，奶奶会直接把人家喊来家里吃顿家常便饭，烧几个菜，斟一小壶温酒，大家一起说说笑笑。

  她老人家没怎么上过学，家里的几辈人里没有一个大学生，所以她把所有的希望都寄托在我们身上了。我很小的时候，奶奶就会每天跟我讲要认真听课，到学校去接我的时候，她还会跟比她小几辈的老师点头哈腰，笑着说麻烦老师多多照顾。

  我仔细想想，奶奶挺不容易的。

  我们去外地读高三那年，爷爷奶奶搬过去陪读，主要负责照顾我们的起居饮食，早、中、晚三餐营养要跟上，上午、下午、晚上还要准备水果和坚果补充能量。不爱吃坚果的奶奶会剥开很多果壳，把果实放到一个小保鲜盒里，然后塞进我的书包。她念叨着，做功课费脑，要多补一补。

那边的条件不像家里，冬天时房子非常冷，暖气不够暖，窗户还漏风。爷爷奶奶每晚都要盖两床大厚被子才行，早上还要比我们起得早，提前准备早餐。

准备早餐的时候外面天还是黑的，窗户上结满了冰，地上的毯子也结了冰，地板砖上也结了冰，我总觉得稍不留神人就会滑倒。

我从小就乌鸦嘴，果真有一次奶奶稍不留神就滑倒了。

那天她一直躺在床上没起来，我还笑着说奶奶累了，奖励她睡一天懒觉。

后来才知道她摔得不轻，大腿青紫，膝盖疼痛难忍，这才跟爸妈说把她接回去看病。

只有我自己知道，在那个艰辛、紧迫又充满压力的高三，奶奶的照料和陪伴，可以穿过很多个不眠之夜，钻进我那小小的梦想里。我难以想象，如果没有奶奶的陪伴，我如何才能走完这段难走的路。我吃下的每一粒热腾腾的米饭，咽下的每一颗剥好的坚果，撑着熬过的每一个昏昏欲睡的夜晚，仿佛都有奶奶慈祥的笑容和充满信任与期待的眼神。

爱让人充满力量和信念，无论你有多疲惫，在外单枪匹马独自打拼多苦多累，家永远是你的港湾。当你累了，只要你愿意回头，打开家门，就有一桌热腾腾的饭菜和一个温暖坚实的怀抱等着你。所以，你不必怕，就算你失去了全世界，你在这个现实社会中单打独斗·败得一塌糊涂，家人永远会默默在你身后，接纳你，包容你，没有理由、毫无条件地爱你，相信你。

05

—

仔细想想，好像我人生的每个重要时刻都有奶奶陪着。从我出生，到幼儿园，到小学和初中，都住在奶奶家，高三冲刺时，她还搬到外地来陪我。

在这些漫长的岁月里，我怕过她，甚至讨厌过她，我觉得她除了严厉地教育我，就是严厉地批评我。我恨过她，不明白她为什么偏偏对别人家的小孩子那么好，一点儿也不像是我的亲奶奶。当然，我也爱过她，我喜欢奶奶做的香菜肉丸和红烧排骨，只有她做的饭菜我可以吃两碗米饭，几颗酸甜可口的草莓是整个夏天的记忆。我很遗憾大学在外忙碌，很少回家陪伴她，因此想她、念她。我还崇拜她，她活了一辈子，通情达理，虽然不怎么识字，没看过几本书，但有着自己独特的生活哲学。

我对奶奶的感情，是错综复杂又难以言说的。

最近一次寒假，爸妈工作忙的时候不能回家做饭，我总是自己一个人煮饭，偶尔也会小心眼，在心里埋怨奶奶，为什么她不来我家给我做些可口的饭菜。

春节前夕，去奶奶家吃了顿饭，我恍惚中第一次感到，奶奶老了。

奶奶摆弄饭菜再也不像以前那样简单利落，好像每一道菜她都炒得很卖力、很吃力，好像每种味道都要很久才能做出小时候的感觉。我觉得她放盐的时候一定是手抖了，所以菜咸；她煮汤的时候一定是火候不到位，所以有些寡淡；她擦桌子的时候一定没用力，所以有油渍还在桌上。

吃完饭后，我打车回家，奶奶偏要在身后跟着我，把我送到路口。

我拿着手机嘻嘻哈哈跟朋友聊着微信，再回头，发现她离我已经有一段距离了。

那一瞬间，我好像回到了小时候，炎炎夏日，杨树茂密，树叶上爬着毛毛虫，她在距离我们一百米的地方默默跟着，走一会儿，擦一把汗，走一会儿，擦一把汗，我时不时回个头，看看奶奶是否还跟在身后。

我停下脚步，回头望她，看见奶奶走路时腿脚有些不协调，虽然没有一瘸一拐，却有些吃力。我赶紧走回去拉着她，问奶奶腿脚是怎么了。她一边孩子气地皱着眉，一边喃喃低语："前几年奶奶这膝盖落了毛病，一到冬天就疼，缺了德了，走几步就难受，疼得能钻到心里去。"

我想着自己幼稚的责怪和高三那年她摔倒在地的事儿，眼泪不自觉地夺眶而出。

破旧狭窄的路口很难打到车，我还要再走到大岔路口去，奶奶还想跟着，我挥挥手拒绝了，让她赶快回去休息，让膝盖少受凉。

她就乖乖地站在原地，看着我往前走。

一个八十岁的老人站在风里、雨里、岁月里，好像站成了这个老人的一生。

每走个三五步，我就回头看看身后的奶奶，她的身影越来越小、越来越小，一时间不确定是我视线里的她渐行渐远了，还是她视线里的我渐行渐远了。唯一敢肯定的是，无论我走多远，她永远默默地在我身后注视着我。

06

—

直到现在，家里买了进口的奶油草莓，我还是会蘸着糖吃。

妈妈说："少吃糖，草莓都那么甜了，牙齿全吃坏了。"

我笑着，回答她："你不懂。"

BGM：林俊杰——《一生的爱》
● 我终于明白对你的爱 绝不可能更改

没有你我，
只有我们

你说：
「这个世界上没有什么是永恒的，所以珍惜才是最大的真理。」
我说：
「一模一样的你，就是我最大的真理。」

苑子文

01

—

我是一个笨手笨脚的哥哥。

从念中学开始的寒暑假，就都是我和弟弟两个人在家，作为哥哥的我不得不学着做饭，照顾弟弟。然而这么多年过去了，我还是像一个没有天赋的新手一样，饭做得马马虎虎。好在，我是一个不会轻易放弃的哥哥，他是一个容易糊弄过去的弟弟，所以我们的组合很默契，我做，他吃。

青椒切块依然大小不一，米饭好像又蒸多了，耗时四十分钟，拿家里仅有的食材勉强炒了两道菜，煲了一罐粥。弟弟拿起手机边玩边吃，看来我的饭又不是很合胃口。

"别玩手机了，对胃不好。"我拿出惯用的兄长的语气唠叨着，期待他能听话地放下手机好好吃饭。

弟弟盯着手机屏幕，咬着筷子看得入神，时而似笑非笑。"别玩手机了，吃饭。"我压低了声音，开始有些严肃地对他说。然而他还是盯着那些综艺节目，入神地看着。

这时，我放下了手中的碗筷，静静地等他一起吃饭。他似乎察觉到了氛围有些严肃，抬起头用略带惊恐的眼神看了我一眼，然后赶紧把目光移走，正经吃起饭来。

我被他那个敏锐示弱的眼神闪到了，心里猛地一怔，他有这么怕我吗?

印象中上一次看到这样的眼神还是在高三的时候,那是一个我经常想起但又怎么都形容不清楚的眼神。

弟弟一直比我学习好,我记得念高二的时候,他常常蝉联全校第一名。在我取消午休去复习、熬完夜又早起去复习、课间无休地去复习时,他都保持着不紧不慢的节奏,累了就停,困了就睡。

即便我这么拼命念书,成绩也依然没有超过他一次,甚至有一次考试比他差了60分。每次考试结果出来,我对自己的成绩大失所望时,弟弟都会批评我这样用功一点儿用都没有,他说我需要调整的是心态,学习这件事儿不是靠熬夜和努力就能做好的。

上了高三,自主招生考试意外失败在很大程度上影响了弟弟的状态,他的成绩开始不断下滑,从全校第一名跌到十几名,几乎要与北大无缘。从那时起,他慢慢收起了往日考场上的霸气。以往他认为只要白天高效,其他时间是不用很辛苦的,现在他开始改变学习的模式,和我一起熬夜复习,增加学习强度。

每天晚自习后,我们会分三个阶段复习,越往后学,弟弟的注意力越涣散,精神头越差,越容易犯困。所以我就会盯着他,不让他把懈怠的状态一直延续下去,如果困了就会带他举哑铃、做俯卧撑,恢复精神,实在熬不住了,我会让他睡一会儿再起来复习。

在高强度的压力和无休止的学习中，有好几次他几乎昏睡过去了，但我还是很严厉地把他叫起来，大发脾气，骂他不求上进。每每此时，他都会很可怜地乖乖爬起来看书。虽然我表面上保持着冷酷，心里却心疼得不行。

有一次我们在各自的写字桌上复习，十二点刚过，他便开始打瞌睡。如果是往常，我一定呵斥声四起，但那天我看到弟弟缩在厚厚的大衣里，光打在他因为刚洗过脸而被打湿的头发上，显得格外狼狈，十分心疼。他低头打瞌睡的时候，我发现他因为长期只学习不运动，从睁开眼到闭上眼一直在坐着，竟然有了双下巴。

曾经桀骜不驯、外表清秀的他，突然成了眼前这个模样，我竟有些不忍心。

就在此时，他一个深深的呼噜把自己惊醒了，睁开眼缓过神来做的第一件事竟是慌张地转过头看我。那一刻的眼神，我此生难忘，带着愧疚、害怕和可怜，带着自责、恳求和疲惫。我的眼睛一下子就红了，是不是我一直对他太过严厉，把他逼得太紧了？是不是我的方式过硬，缺少换位思考？是不是我无形中给了他太多压力，也打击了他的信心？

我快速起身走过去，抱着他的肩说："咱们不学了，现在就去睡觉，好好休息……"

02

—

"哥，你怎么不吃了？"

我被弟弟的话打断了思绪，这才从那个眼神中走出来。我一边扒着饭，一边留意着他看我的眼神。

爸爸妈妈生俩养俩，以前吃了不少苦，所以我从小就很独立，带弟弟做家务，领弟弟上学，教导弟弟不要惹事，很少让父母操心。我一直要求他，要听哥哥的话。可能像大多数长辈觉得自己家孩子不懂事一样，我也常觉得弟弟太过淘气，学着父母教育子女的样子，给弟弟"上课"，当然偶尔也会"上手"。每当他用这种眼神看我的时候，我都会反问自己，我是不是太严格了？

我这样做，对吗？

有时候也会担心，弟弟的内心是不是很烦我？

他长大后做的第一件事，是否就是摆脱我的管教？

在我心里，我是要一直为弟弟遮风挡雨的。但是后来我发现我错了，真正的兄弟，是成为彼此的依靠和支点。

大一那年，为了尽快经济独立，我开了一家护肤品公司。有一次寒假，因为要做品牌新项目，我从大到小地把控每一个环节，事无巨细地去盯每一个细节，经常熬夜到凌晨三四点。越是付出得多，就越会担心活动效果不好，在持续焦虑、紧张的状态中，我终于扛不住了。有一晚，我累得失去意识，昏倒在洗手间。后来爸爸告诉我，是弟弟发现我脸色不对，跟去了洗手间，才救了我。爸爸还说，在急救车上，我身后有一个出风口，风口吹着很热的热气，我的腰被烤得发烫，但自己完全不知晓。于是，弟弟就一直用自己的手护着我，帮我挡着，到医院时，他的整只手都被烤红了。平日稍微冷点儿热点儿就大喊大叫的他，一直忍着炙热，不停地跟我说话，安抚我的情绪。

第二天早上，就像电视里的偶像剧一样，我睁开眼睛看到的第一个人，就是守在我旁边的弟弟。他见我醒了，眼睛一下子红了起来。他看着我，轻轻地慢慢地说了一些话："哥，你知道吗？昨天我趴在你身上的时候，就像二十一年前我俩依偎在妈妈肚子里一样。如果双胞胎真的心有灵犀的话，我真的希望这一次可以替你忍受一半的痛苦。"

当时我的眼泪不受控制地往下流。

很多人都会问，你们作为双胞胎，会不会心有灵犀地答错同一道题、喜欢同一个女孩？其实，在他心里，倘若真有"心有灵犀"这个词，他希望能帮我分担苦痛。我永远都记得他对我说这句话时的眼神，是他心疼我受折磨，是他愿意为我抵挡一切痛苦。

后来，他开始跟着我去工作室上班，在我们的会议中旁听，从我的工作电话里甄别有效信息，不断学习和充实自己。直到有一天，我因一件很重要的事情一筹莫展时，他悄悄地试探性地问

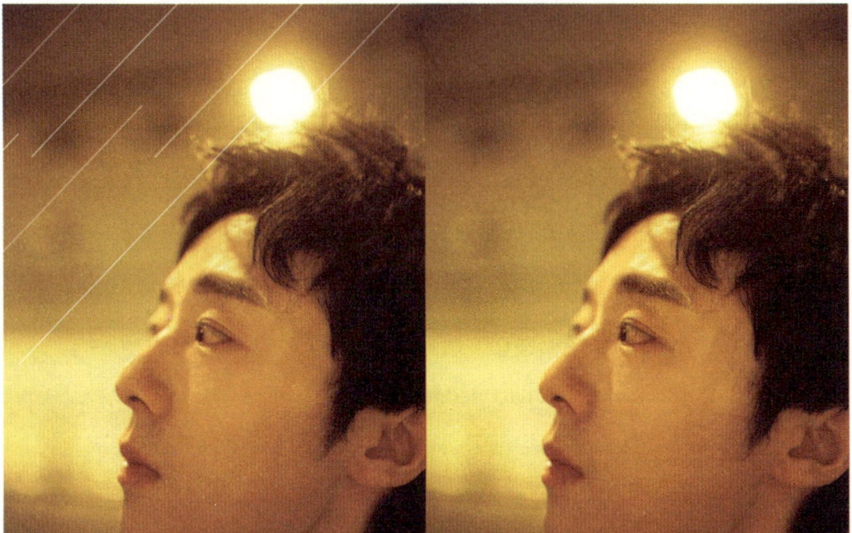

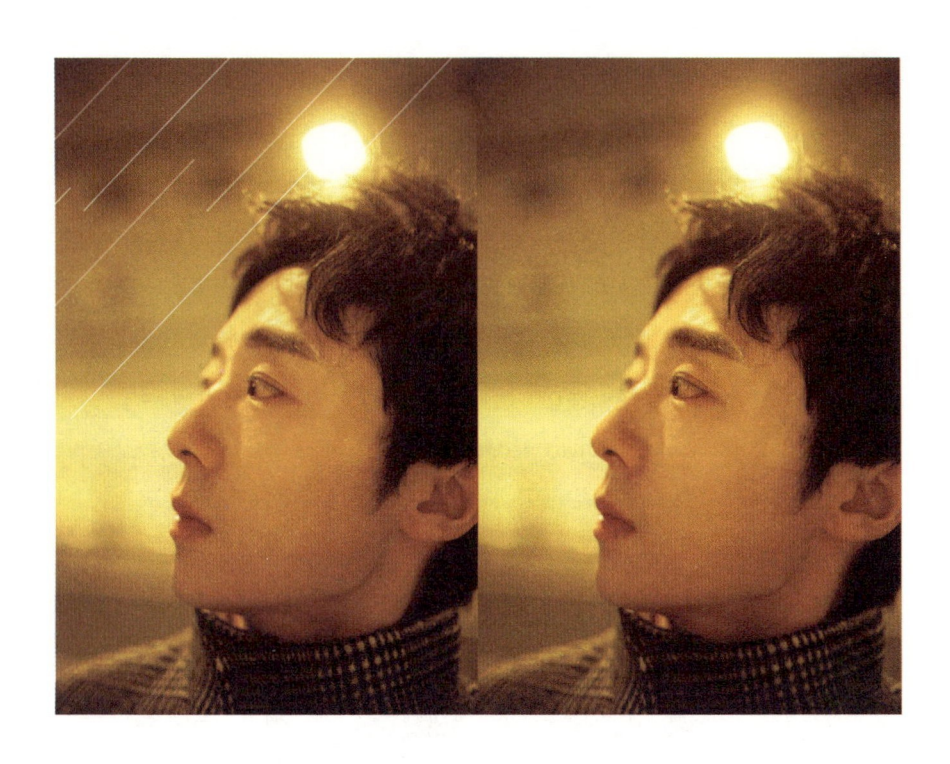

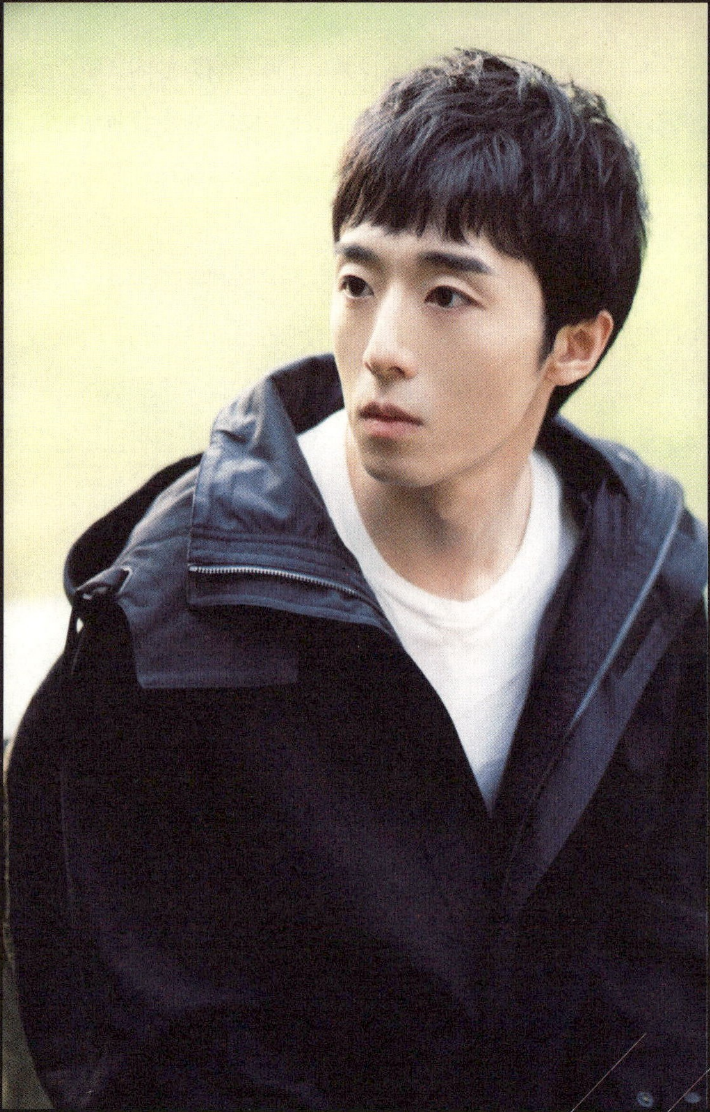

我："哥，你看这样可行吗？"

他的建议和想法令所有人惊喜，但我没有为他的聪明过人而骄傲，也没有为他的成长懂事而骄傲，因为真正令我骄傲的是，我终于明白，我一生拥有的兄弟，不是我变成你锋利的兵刃，而是永远成为彼此的后盾。

其实这么多年以来，真的很感恩父母把他带到我身边。我是一个在生活中极度缺乏幽默感的人，但有他的日子总是充满了快乐。

我们上本科时住的宿舍相隔很近，他会偷偷来我宿舍，把我桌上的水果零食顺走；回到宿舍，我打开椅子上的书包，会发现他把脏衣服藏在里面，上面附上一张字条，写着"待洗"。我真是又气又笑，这个家伙念了大学还这么幼稚。

他常常要我帮忙打饭，最常用的方法是发给我一张自拍，说今天没洗头，太丑了，于是我就乖乖给他买完饭送到楼上。等到偶尔我想让他帮我带饭了，也自拍一张发过去，说今天太丑了，没洗头，但他却回复我——"哈哈哈哈，确实是丑啊"。

平时在家里，妈妈会喊他起来做家务，每当这时，他就会跑到我房间盖上被子，然后耍赖偷懒，把我撺出去干活儿。由于做品牌工作很忙，每天他都要等我吃饭，加班之后我通常带他去吃好吃的，吃饭时他喜欢拍菜，加个滤镜，我喜欢拍他，留着原图。每每此时，我都会觉得，唯有美食与双胞胎不可辜负。

03

一

其实从小我就和弟弟不分你我，不管自己考得多差，只要他考得好，我就特别高兴；同样，哪怕自己考了第一名，弟弟没考好，我也高兴不起来。

记得有一次，是2015年年末，新闻上说未来几天将迎来全年规模最大的一次流星雨，只要空气状态好，在夜间可以看到上百颗流星。那会儿正赶上准备保送研究生，弟弟的笔试成绩很靠前，而面试表现不尽如人意，保送有些危险，所以他整天心情不好。

我买了零食和水果去宿舍看他，却发现上一次买的丁点儿未动。我问他："哥可以帮你做点什么？"他摇摇头，没有过多的话与我说。不只我不知道，他自己也不知道我究竟能帮到他什么。于是，我只能安慰他说，没事的，一定会好起来的。虽然每次说这句话时，我比他还没有底气，但每次看他很懂事地说"哥，我知道了"，我都会觉得更心疼。

流星雨到来的那晚，我印象非常深，因为宿舍的同学没有感兴趣的，加上午夜气温骤降，天气寒冷，大家很早就躺下了。我一个人披了一件外套，跑到操场上等流星雨。操场上全是成群结队的小伙伴或者情侣，我孤零零的一个人，很不好意思，就走到很远的一幢办公楼下，坐在冰凉的石阶上等啊等。

周围没有人说话，手机也被冻得自动关机，这个时候，时间显得格外漫长。我坐一会儿又站起来一会儿，跺跺脚又坐下，头抬得累了，就换个角度继续看，生怕错过了一颗流星。我跟自己说，一定要等到，不管多晚都要等到，要替弟弟许愿。

作为唯物论者，我明白流星不会真的能保佑弟弟被顺利保送，我只是希望，我做的这点儿小事能让他稍微开心一下。

夜里一点多，第一颗流星划过天际，我连忙双手合十，替弟弟许了愿。那也是我人生中第一次看流星，虽然没有一颗一颗成群滑落，但还是觉得耀眼极了，像结了冰的水，像融化成水的冰，像转瞬即逝的梦，又像永恒的光亮，倏地一下，从漆黑深邃的夜空中划过，掀起一阵欢腾，然后安静地陨落。

流星划过的速度太快了，冻得发蒙的我不确定是自己真的看到了，还是错觉，于是我一直等了三颗，直到看到一颗很大的流星,才确定今晚遇到了流星。

其实我一向不会被这些浪漫的事情所打动。后来我发现,当你真的在乎一个人的时候,你真的会去接受一些自己曾经不太能接受的东西。

回到宿舍时,整个人已经冻得打哆嗦了,触摸手机的手也不听使唤了,费了半天劲,才慢吞吞打下一行字:"哥熬到现在,看到好几颗流星,冻得不行,但很虔诚。"

早上醒来,看到手机里弟弟给我发了两个哭脸的表情,我开心地笑了。他无须多语,我已经知道,他感受到了。

我还记得,"非典"那年,我因为与一个疑似病例擦肩而过,又正好赶上发烧,我和弟弟被家人隔开了。我在家里打吊瓶、观察病情,弟弟被送到乡下老家。我在心里对自己说,我得了"非典",一定不能让弟弟再跟着我了,一定要分开,不能传染给他。

那是从小到大第一次和弟弟真正分开,傻乎乎的我以为再也见不到弟弟了,于是学着电视里亲人分别的样子,告诉他我没事,让他别难过。记得那会儿通信不像现在这么便捷,没办法用微信聊天,更没有视频功能,每天最盼望的,就是晚上可以跟弟弟通一个电话。

可年纪还小的我,以为发个烧就是感染了"非典",总觉得过不了多久就要死了,所以每个白天都很绝望、难熬,只有晚上

暖阳

打电话的时候,才稍微打起精神活泼起来。

没有接受系统的知识教育,还不明白为什么电话这头的人可以和电话那头的人说话的我,天真地以为就像用吸管喝水一样,声音也可以通过一条电线传到彼此的耳朵里,因此打电话也可能会传染病毒。

所以,每次通话到一分钟,我就会和弟弟讲,不能再说了,再说会传染给你,引来父母一阵哄笑。直到现在,每每回想起来,我都会嘲笑自己当时有多懵懂青涩,但也会愈加确定,从小到大,在我心里,一直有一种爱,叫你的幸福比我还重要。

04

说起幸福,我一直是一个追求"小确幸"的人。寒假的时候,我每天会按时早起去公司上班。醒了的时候,弟弟还睡着,我就给他做完早饭,然后洗澡,发现时间来不及了,于是叼着切片面包就赶紧出门去工作了。

我长年熬夜,吃饭没准点儿,所以落下了胃病,几乎每天早上都要疼一阵。弟弟看手机上写着"生花生米对胃好,可以缓解胃病",经常趁我不注意,在手里放十几粒花生米,然后一把硬塞进我嘴里。

因为爸爸不能喝酒,为了不让弟弟喝,逢年过节或与亲朋小聚,我都成了我们家的"酒力担当"。每次喝酒前,弟弟都会给我准备一罐酸奶,喝完酒会逼我喝很多水。我也不知道他都是从哪儿看到这些办法的,但有人时时刻刻为你考虑,惦记着你,还真是一件很幸福的事。

妈妈总认为,小孩子是不喜欢一样的东西的,所以给我们买衣服喜欢买不一样的,然而,两件衣服比较之下,总有一件相对好看一点儿,一件相对差一点儿。不过,每次两个人抢起来的时候,他都会故意让给我,说,算了,我不跟你抢了,你喜欢就拿着吧。这时候我就觉得,作为哥哥,还是让着点儿弟弟吧,于是心甘情愿地把好的那件给了他,他得意地笑笑,我又"中计"了。这样的把戏,他从刚识全拼音字母的时候一直玩到深谙世事的时候。

我一直觉得,不管是兄弟姐妹还是父母,抑或是恋人伴侣之间,最好的幸福永远最渺小。生活里的真正能让你记一辈子的幸福,往往就是那些不经意的瞬间。

我与弟弟就这样又打又闹地过了二十三年,回过头来看过去的日子,难免感慨时光太快。我还没来得及批评他的很多缺点,也没来得及感激他的扶持,忽然就长大了。

现在的我,依然希望他每一步都走得端正漂亮,只是不会再去苛责或批评他了,因为我相信他已经学会了何为责任;现在的

暖阳

他，依然习惯有一个哥哥在身后随时守候，只是不会再过多地依赖我了，因为他相信自己已经懂得如何保护自己，也明白了如何保护自己所爱的人。

是的，真正的亲情，不只是让彼此感到快乐，还要一起成长，在爱里学会体谅，学会扶持，学会信任；真正的家人，不是完全依靠，也不是完全独立，而是能自己打理好自己，并给对方带来好的影响。

值得庆幸的是，在我开始有意识的时候，就有这样一个人，扮演着这样的角色，从玩伴到陪伴，鼓励我，影响我，也成就了我，并将和我一起走过一生。

如今，他像例行公事一样，吃完了一整碗饭，然后打开客厅的音响系统，拿着麦对我说："谢谢哥的晚餐，现在到我报答你的时间了，想听什么？你点一首。"

> BGM：林俊杰——《只要有你的地方》
> ●要是人生难免有遗憾　有你在身旁已经是最好的补偿

真正的亲情，不只是让彼此感到快乐，还要一起成长，在爱里学会体谅，学会扶持，学会信任。

后记：
告别得迟一点

\苑子文

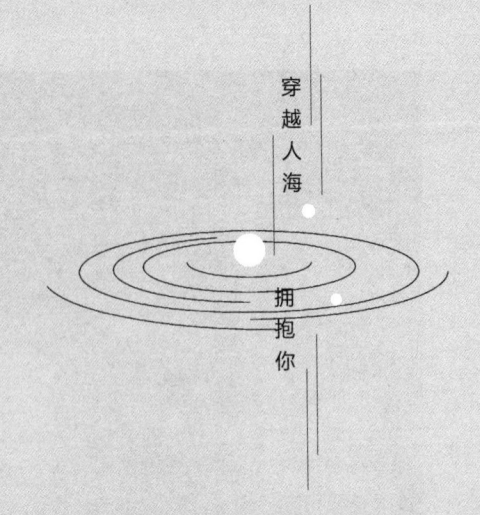

穿越人海拥抱你

这篇后记断断续续写了半个月，比正稿还要难产。之所以写得如此慢，并不是因为它有多特殊或艰难，而是因为我大概不擅长写，不过更多的是舍不得。有很多内心的情绪想向你表达，但是不擅长；有很多话想慢慢说给你听，所以舍不得。

敲下这些文字时已经是冬天的尾巴了，别的地方已换新季，可是北方的春天姗姗来迟。老实说，我是讨厌冬天的。因为这个季节有令人寸步难行的北风，会让人穿得臃肿得像只北极熊，有随时潜伏在身边的静电，还有一片死气沉沉的枯景。

今年冬天一如往年那样漫长，寒潮来了一轮又一轮，雪在屋顶上迟迟不化，好不容易气温回暖，没过几天又是大风降温。

就像这迟迟不愿告别的冬天一样，这本书越往后越舍不得完结。真正完成这篇后记，是在北京的一个见面会活动结束后。当时，我认出了几张熟悉的面孔，又努力记住了其他新面孔，突然感慨：

从2012年年末到2016年，这三年多的时间里，我的人生真的悄悄发生了从未料到的变化。

　　最初的时候，上了一些节目，写了一点儿东西，有了一些喜欢自己的粉丝。当时觉得自己有粉丝，内心满是骄傲，逢人提起都会得意一笑。后来很谨慎，每天刷新页面，看到粉丝数下降的时候，还会很难过地反问自己为什么。再后来粉丝稍多些了，开始喜欢分享自己的生活点滴，从日常吃喝到恋爱成长，从烦恼忧虑到互相鼓励。在这种相处模式下，我形成了一种习惯，那就是睁开眼先看一眼留言，睡觉前喜欢说声"晚安"。

　　慢慢地我开始思考，到底什么是粉丝？而我要和粉丝产生一种什么样的关联？

　　当我意识到要好好思考这段关系的时候，已经出版了第一本书。随着签售见面会的进行，我发现了你们与我有某种难以说清道明的感情联结，见面时欢喜兴奋，见面后失落难过。每次主持人问我想和支持我的粉丝说点儿什么，我都会说陪伴是最长情的告白，但时间过得太快，短暂的陪伴后我们还是要离开，回归各自的生活。

　　你看，"告白"和"告别"读音那么像，意思差得却很远。一个能让你高兴一整天，一个能让你失落好久好久。

　　所以，我一直是那个害怕告别的男孩，就像雷蒙德·钱德勒说的那样，每次告别就是死去一点点。

　　我害怕告别，每写完一篇文章，就意味着离完成全书又近了一步，而当全书创作结束后，再想说点儿什么，就只能等下一次了。

　　我害怕告别，每次见面会结束后，我都会坐在车里朝送我们的人使劲儿挥手。尽管我知道你们看不到车里的我，但我依然使劲儿挥着手,因为我和你们一样害怕,这一次见面如果不用力告别,下一次就不知道要到什么时候了。

我害怕告别,小时候成绩不如弟弟,话少的我也不如他招老师、同学喜欢,就连课外兴趣班都学得一塌糊涂。我总觉得自己是个多余的麻烦,所以遇到每一个喜欢我的人,我的第一反应都是how come,然后会加倍珍惜每一份来到我身边的感情。也正因如此,当我看到微博上有人说不再关注我们了,或者听到有人不再喜欢我们了,我都会有一种巨大的被失落裹挟着的无力感。我知道,这意味着曾经一起经历的都成为陌路,一晃就过去了。

但是,有时候又不得不告别,我们只能陪彼此走一段路,当我们发出的频率不同时,我们就要说再见了。虽然会痛苦,会不舍,但我还是想对这些人说声谢谢。因为我本身是一个平凡无奇的人,没有什么特别的才艺,没有值得骄傲的外表,更不敢说有什么让人一直支持下去的理由。有时候会意气用事,还没有完全想清楚未来该怎么走。就是这样一个我,一个曾经说出名字就像水滴落在大海中一样的我,却被你们记住,被你们关怀,每当想到这里,就觉得自己既幸运又惭愧。所以,无论你是关注我,还是关注过我,我都想由衷地说声谢谢。

最近经历了许多事情,临近毕业,有些未完成,有些待完成,有过低谷,但最终走了过来。即使讨厌告别,也不得不跟很多人说再见。所以,我都写了下来,把我看到过的人和事,那些人经历过的痛哭和欢笑的瞬间,把我爱过的人和走过的路,热烈的拥抱和轻声的安慰,都一一记录下来了。我希望它能让你看到曾经的自己,然后抱一抱现在的你。

不管什么时候,我都希望我的文字是轻松的、细碎的、美好的,我希望在整日疲惫之后,给彼此几分钟的时间,让世界静下来,听陌生人说说话。尔后你还是你,我也依然是我,我们都在各自的轨迹里,做着本应做的事,不同的是,我们变得更温柔了。

创作这本书时遇到了很多困难,在此要感谢所有为它的诞生而付出心血的工作人员,谢谢你们实现了我的又一个梦,也给了二十三岁的我最不平凡的一份纪念。

感谢父母和弟弟,这一年来发生了太多的故事,我也在以自己意想不到的速度成长。曾有一段时间,觉得在几天内就走完了以往一年要走的路,在很多异常艰难的时刻,我都得到了你们最好的爱。

感谢师友,还有所有帮助过我的陌生人。就像是永远走不丢的小孩,在你们的指引和陪伴下,我带着对这个世界的好奇和成为心中那个更好的自己的勇气,坚定而踏实地往前走着。

最后要感谢每一位读者,愿意听我唠叨到这里。也请你们相信,所有真心都值得被回应。虽然我们都在各自的世界里打拼,但你永远不是孤独的,总有一天会有个人,穿越人海拥抱你。

写到这里,这本书就算告一段落了。我知道我们迟早要告别,但我还是希望能够跟你们在一起久一点儿,告别得迟一点儿,就像告别一个漫长的、迟迟不肯离开的冬天。

哦,对了,见面会结束后,我家里的柜子一如往常多了几个玩

后记

偶。我给那幅手拂过会沾满铅笔末的画覆了膜,小心翼翼地抚平,放进抽屉里。还有,那个说"我猜你们不会看到这封信"的姑娘,这一次,你又错了。

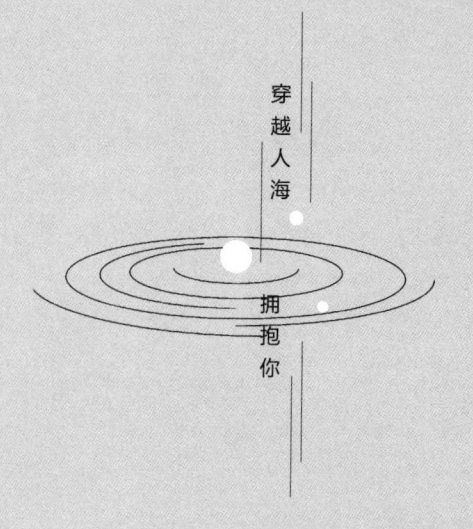

新版后记：写在时间的尾巴上

〉苑子豪

《穿越人海拥抱你》

　　落笔写这篇后记的时候，我特地去翻看了自己当年的朋友圈，那是三年前的事情了。

　　2016年的4月20日，我拿到了第一本从印刷厂刚刚印出来的《穿越人海拥抱你》。记忆依然很清晰，那天我在学校上课，小心翼翼地从书包里把这本书拿出来，摊开放在桌子上，拍照，摸索，翻看，走神了几乎一小时。

　　那种感觉到现在还很真实，激动，无比紧张，被压制的兴奋，既焦虑又幸福。

　　后来这本书开始预售、上市，承蒙大家厚爱，取得了不错的成绩，也让我在青年作者这条路上又坚定了步伐。不少书店开始连着售卖我们的两三本书，它们被摆放在一起弄了个专区，这个专区贴上了专门的标签——"苑子文、苑子豪作品"。

　　我的家人和朋友陆续给我发微信，照片里都是在机场、火车站、书店看到的我们的书，甚至有一家来自新加坡的中文书店，也在售卖我们的这部作品。

　　上市后，出版社组织了大量的活动，从线上到线下，我们开始忙碌起来。那一年，我去了很多城市，参观了很多学校，见了很多人；那一年，我的国航会员卡升到了金卡级别，它提示我，我已经超过80%的人，成了飞行常客；那一年，很多人称我为畅销书作家，他们丝毫不把我的客气当真，而是发自肺腑或打着官腔地夸赞我、感谢我。

　　不到三个月，我就带着这本书上了央视三套的《艺术人生》节目。我把这本书送给越来越多的人，仿佛带着它，就能一步一步走到更大更远的舞台之上。

　　再后来，这本书的影视版权卖了出去，一家资质还不错的影视公司决定把它翻拍成影视剧，这是我的第一本要改编成影视剧的图书作品。

　　然而，当天坐在新闻发布会的现场，我开始思索，这一切，都是真实的吗？

　　是啊，这一切，都真实吗？

　　我的回答一定是否定的，也许因为我向来是一个不那么自信又有点小悲观的人，我一直善于找寻自己的缺点，并习惯于在每一个骄傲无比的时刻给自己当头棒喝，或者泼一盆冷水，然后静静地说，这一切都不真实。

　　我没有那么好，我并不值得拥有那么多爱。

　　这样的想法，我不止冒出来过一两次，而是几乎常年都有。我在不断自我审视中警醒自己——我没有那么好，那些鲜花、掌声、荣誉、销量、夸耀和价值都是虚假的陷阱，它们企图把我蒙蔽，让我麻醉，然后将我吞噬。

我一点也不觉得这样的想法愚蠢，也不觉得这样有些自卑。因为毕竟现在回过头来再看这本书，我还是发现了无数个问题，还是会质问自己：当时的写法为何那样幼稚？

拿其中一点来说，2016年，我很喜欢用倒叙和插叙的手法讲故事，喜欢故弄玄虚，在故事的开端就放一大段大家看不懂的话，然后带着这样的悬念去展开故事，在不明所以中把故事和盘托出。当故事真正结束的时候，我会再用一次开头的那一大段话，一模一样，用意是强调和解释，想给人一种"原来如此"的精妙感觉。

然而现在看来，既多余又做作。

但这次改稿的时候，我并未把它们删去，即便它们可能会受到争议——这几年，不少读者向我反馈过"书是盗版的"或"书的印刷有问题，因为有大段的重复"，甚至还有不喜欢我的人说我的书"是靠复制粘贴和大段的重复凑字数的"，在社交媒体上对我进行批评。

可我就是要把它们保留下来，就是要把它们存在过的痕迹保留下来，把那时候我的影子保留下来，把谁都年轻过的证据保留下来，把并不完美的自己保留下来。

我知道不只在写作这条路上我有太多需要改进和努力的地方，在人生这条大路上也一样。所以，我干脆不去遮挡自己的那些不足，索性带着这些伤疤勇敢地去闯。谁没有年轻的时候？谁没有犯错的时候？谁没有脆弱到想放弃的时候？

别怕，谁都是这样一路走来的。

正像这本书想表达的那样，在我们正当青春年少的时候，我们都会遇到坎坷，然而迈过去，穿越重重人海，我们终将拥抱心里的那个自己。

所以，我对这本书的解读是，在我们的心目中，有一个更好的甚至完美的自己，我们一路学习、探索、跌倒、成长，就是为了更接近那个自己。

那个你，值得世间最好的一切。

这本书收录了12个温暖治愈的晚安故事，就是这样一本温暖的小书，带着那年并不完美的我，带着现在的你，一起去探索生活的真谛。

你一定爱过一个怎么也得不到的人，付出过一些根本就没有结果的努力，有过无数次想要放弃的念头，虽然单身一个人，可还是觉得自己足够好；日子过得不满意，可也会开怀大笑。没关系，我们都将这样慢慢长大。

关于爱，关于回忆，关于爱过的和输过的，关于我们，都在这里。

它不能改变你，但可以让你更靠近自己。

希望你喜欢，也谢谢你的喜欢，它是我一路来的欢喜。

2019年5月9日于北京

致谢：那些藏在心底的感谢的话

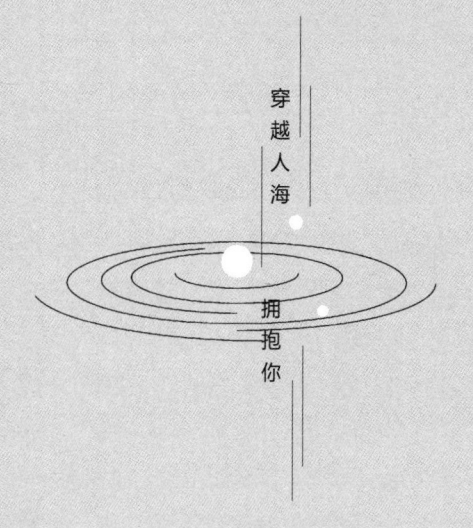

穿越人海拥抱你

感谢爸妈和我们彼此，千言万语都表达不了四口之家的幸运与幸福，你们是我永远的港湾。

感谢磨铁图书让这本书和大家重新见面。特别要感谢薇薇姐一直以来的信任和认可，感谢编辑金渔给予我无限的帮助和支持，感谢为这本书忙前忙后、不辞辛劳的编辑们，还要感谢给我们提供创意和鼓励的营销团队，谢谢所有在这本书背后默默付出的人。

感谢摄影师矩镜为我们拍摄封面和内文照片。

感谢封面设计老师和版式设计老师，这本书的诞生离不开你们的支持。

感谢歌手林俊杰，谢谢你这么多年的陪伴，你一直是我们的偶像和榜样。

感谢所有一路相伴的好朋友，友情的存在让我们更有勇气去面对生活。

感谢看到这里的每一个你，六年多了，不离不弃，你们是我疲惫时仍想坚持下去的动力,我仍会且一定会好好努力,与你们一起奔向更灿烂的未来。

感谢伟大无声的时光,感谢悄然的成长,感谢从未破灭的梦想。

感谢光明和黑暗,感谢全宇宙的真理,感谢你矢志不渝的温暖陪伴。

最后,想感谢自己,无论过得好不好,都曾少年,都曾执着,都曾伟大。

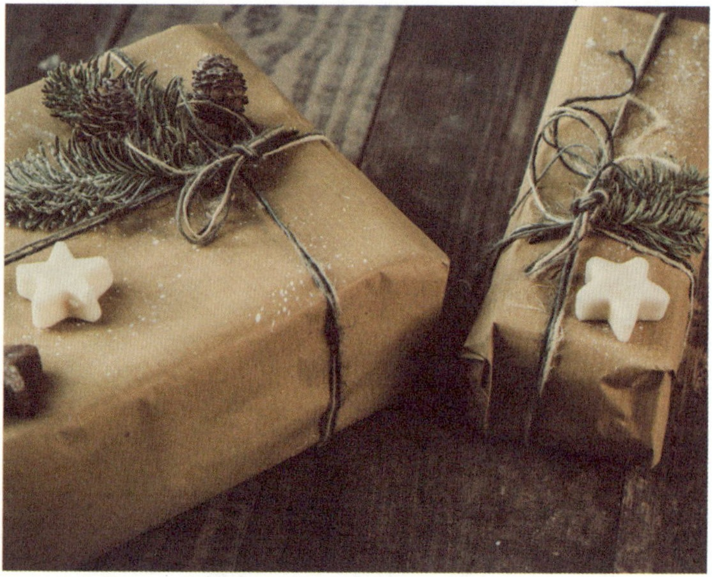

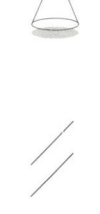

**BE
TOGETHER**